Lun

ÉLODIE TIREL

Luna

LE PALAIS DES BRUMES

ÉDITIONS
Michel
QUINTIN

Catalogage avant publication de Bibliothèque et Archives
nationales du Québec et Bibliothèque et Archives Canada

Tirel, Élodie

   Luna

   Sommaire: 8. Le palais des brumes.
   Pour les jeunes.

   ISBN 978-2-89435-526-8 (v. 8)

   I. Titre. II. Titre: Le palais des brumes.

PZ23.T546Lu 2009   j843'.92   C2009-940443-5

Illustration de la page couverture: Boris Stoilov
Illustration de la carte: Élodie Tirel
Infographie: Marie-Ève Boisvert, Éd. Michel Quintin

Le Conseil des Arts du Canada
The Canada Council for the Arts
SODEC Québec
Patrimoine canadien
Canadian Heritage

La publication de cet ouvrage a été réalisée grâce au soutien
financier du Conseil des Arts du Canada et de la SODEC.

De plus, les Éditions Michel Quintin reconnaissent l'aide
financière du gouvernement du Canada par l'entremise du
Fonds du livre du Canada pour leurs activités d'édition.

Gouvernement du Québec – Programme de crédit d'impôt
pour l'édition de livres – Gestion SODEC

ISBN 978-2-89435-526-8
Dépôt légal – Bibliothèque et Archives nationales du Québec, 2011
Dépôt légal – Bibliothèque et Archives Canada, 2011

© Copyright 2011

Éditions Michel Quintin
C.P. 340, Waterloo (Québec)
Canada J0E 2N0
Tél.:   450 539-3774
Téléc.: 450 539-4905
editionsmichelquintin.ca

1 1 - A G M V - 1

Imprimé au Canada

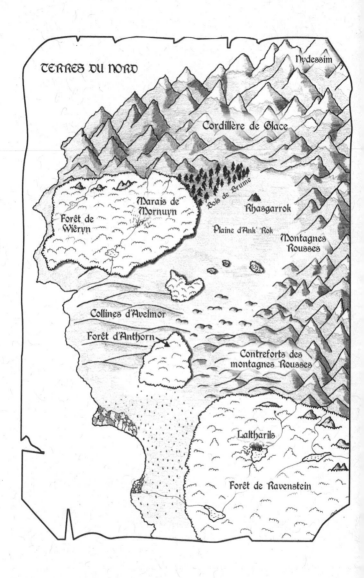

PROLOGUE

Le choc fut brutal. Étourdi et engourdi, Askorias se releva péniblement et regarda autour de lui. Cette quatrième intrusion dans l'autre monde s'était révélée encore plus éprouvante que les précédentes. Mais, heureusement, grâce aux étranges glyphes qu'il avait pensé à tracer sur cette dalle la dernière fois, il n'avait pas atterri sur l'une des terrasses venteuses.

Il laissa s'exhaler un soupir de soulagement et se redressa.

Askorias And'Thriel était sans conteste le nécromancien le plus puissant de Rhasgarrok. Nul autre que lui n'avait côtoyé la mort d'aussi près. Depuis toujours, Outretombe le fascinait, l'attirait, l'appelait.

De longues heures d'étude dans son mausolée, aux confins de la cité souterraine, l'avaient pâli comme un cadavre et émacié comme un squelette, mais ses yeux carmin brillaient d'une flamme bien vivante. Lorsqu'il avait appris que matrone Sylnor, sa petite-fille, cherchait un puissant nécromancien, il n'avait pas hésité. Il avait quitté l'ombre et la solitude pour se mettre au service de la protégée de Lloth.

Il ne le regrettait pas. Grâce à l'aide de la déesse araignée, il avait pu repousser les limites de son pouvoir et atteindre l'inaccessible royaume des morts, le palais des Brumes, le légendaire édifice qui abritait les âmes damnées de ceux qui n'avaient pu devenir des anges. Désormais Askorias avait accès à ce territoire interdit aux mortels.

Mais il avait également appris à ses dépens qu'on ne bravait pas impunément la mort. L'effort psychique fourni était tel que chaque voyage dans l'au-delà l'affaiblissait un peu plus que le précédent et le laissait pantelant et sans force. En fait, il était bien plus facile pour un mage noir d'envoyer une autre personne dans les ténèbres que de s'y aventurer soi-même. Pourtant, toute sa vie, Askorias s'était préparé à ce moment.

Des décennies durant, il avait enrichi sa connaissance du monde des ténèbres. Il avait écumé les bibliothèques les plus secrètes, consulté les ouvrages les plus sombres, mis en pratique les rites les plus démoniaques. En s'astreignant à un ascétisme et à une discipline des plus stricts, il avait enchaîné sans répit les cérémonies occultes, les messes noires et les sacrifices sanglants pour pactiser avec les esprits les plus féroces. Pourtant tous ces efforts l'avaient à peine rendu apte à survivre au passage.

Sa survie, il ne la devait qu'à sa volonté. Seule sa farouche détermination lui permettait de franchir l'ultime frontière et de rester en vie dans le palais des Brumes. Car, si y pénétrer était une chose, côtoyer les morts en était une autre.

Néanmoins, il refusait catégoriquement que quelqu'un d'autre que lui accomplisse la mission que lui avait confiée Sylnor, même si l'aventure avait un prix.

Askorias tendit l'oreille. Aucun son ne lui parvint. Tant mieux! Il préférait être seul encore un moment avant d'affronter les esprits d'Outretombe. Dans le silence de cette petite salle sombre et oubliée, perdue au cœur d'un royaume dont les mortels ignoraient l'existence, le nécromancien effectua quelques mouvements compliqués. Une gestuelle aussi précise que secrète, répétée des centaines de fois, destinée à duper les défunts en dissimulant son odeur de vie. Ainsi nimbé d'une aura de putrescence, le vieillard squelettique pouvait aisément passer pour l'un des leurs.

Une fois le rite accompli, il se dirigea vers l'unique porte de la pièce. Il l'ouvrit et jeta un coup d'œil prudent au-dehors. N'ayant rien détecté de suspect, il referma soigneusement le battant derrière lui. C'était une règle à laquelle les morts ne dérogeaient jamais. Toujours refermer les portes du palais des Brumes.

Tous ses sens aux aguets, Askorias se mit en route. Il connaissait le chemin et n'hésitait pas à chaque croisement. Pourtant il s'arrêtait régulièrement pour humer l'air, redoutant de tomber nez à nez avec l'une de ses anciennes victimes ou l'un des démons qu'il avait autrefois invoqués. Aussi violentes qu'imprévisibles, ces entités aimaient rarement être dérangées par les mortels. Même si le nécromancien pouvait à présent passer pour mort, il n'était pas à l'abri des représailles d'un démon rancunier.

Car il en allait ainsi dans le palais des Brumes. Si certaines âmes erraient sans but, attendant qu'on leur offre une éventuelle rédemption, d'autres s'alliaient, pactisaient, ourdissaient des complots pour gagner en puissance, nourrissant le secret espoir de devenir un jour maître d'une des tours du palais. Mais ce n'était pas celles-là que craignait Askorias. Il redoutait plutôt les esprits tourmentés qui n'aspiraient qu'à se venger de sévices subis de leur vivant. Et Lloth savait qu'Askorias lui avait offert de nombreux sacrifices!

Le palais était comme une arène gigantesque où le danger pouvait surgir de nulle part, à n'importe quel moment. Même les brumes qui flottaient au-dehors étaient redoutables.

Lors de sa première incursion dans le monde des morts, le nécromancien avait atterri sur l'une des terrasses de l'immense édifice. Il ne s'était pas inquiété des nappes de brouillards filamenteuses qui se mouvaient lentement autour de lui; il ignorait alors leur véritable nature. Ce n'avait été que plus tard, alors qu'il avait commis l'erreur de laisser une porte entrouverte, que des défunts anciens lui avaient appris que les nuées blanchâtres pouvaient se transformer en redoutables bourrasques et déferler telles des vagues glaciales et implacables, pour tout balayer sur leur passage. Il avait également vu des tourbillons se glisser dans les labyrinthiques couloirs comme autant de tentacules avides, afin de s'emparer de défunts. Ceux qui ne parvenaient pas à leur échapper disparaissaient à jamais dans les limbes cotonneux où flottait le palais. Personne ne savait ce qu'ils devenaient.

Les morts pouvaient-ils mourir une deuxième fois? Cette pensée fit frissonner le nécromancien. Lors de son deuxième séjour à Outretombe, il avait vu trois de ses alliés, pourtant de robustes démons, aspirés et entraînés vers le néant comme des fétus de paille. La puissance de la tourmente avait été telle qu'Askorias n'avait dû son salut qu'à une porte dérobée qu'il s'était empressé d'ouvrir et de claquer derrière lui. Il n'avait d'ailleurs pas osé la rouvrir, préférant regagner aussitôt le monde des vivants.

Ayant réalisé le danger extrême auquel il s'exposait, Askorias avait inventé maints prétextes pour reculer son troisième périple au royaume des morts. Mais, devant l'insistance de Sylnor, il n'avait pu différer indéfiniment son départ. Par chance, lorsqu'il avait atterri une fois de plus sur la terrasse, il avait bénéficié de la même clémence des éléments. Conscient que ce coup de veine ne se renouvellerait sûrement pas quatre fois de suite, il avait pris ses précautions et gravé sur le sol d'une pièce déserte des signes occultes qui allaient lui garantir une prochaine arrivée en toute sécurité.

De nature prévoyante, le nécromancien n'avait pas choisi cette salle au hasard. Située dans la tour des Pleurs, où erraient les âmes vagabondes qui ressassaient en sanglotant leurs crimes passés, elle jouxtait une passerelle qui menait à la tour des Sages. Or, c'était dans cette tour précisément que se trouvaient les bonnes âmes qui avaient délibérément choisi de rester à Outretombe pour influer sur les vivants et protéger les leurs, plutôt que de rejoindre le royaume des dieux pour se transformer en anges.

« Un ange ! Quelle horreur ! » songea Askorias en grimaçant de dégoût. L'idée de devenir un jour l'une de ces entités lumineuses sans personnalité ni volonté propre le révulsait. Heureusement, ce ne serait jamais le cas. Son âme était tellement corrompue que le jour de sa mort il rejoindrait directement les cohortes d'esprits maléfiques qui hantaient la tour des Monstres. Un sourire mauvais déforma sa face émaciée. Ce jour-là, nul doute qu'il chercherait à évincer ses concurrents et aspirerait à devenir le plus puissant des monstres.

Mais avant il avait une mission à accomplir.

Arrivé au bout du couloir, Askorias s'approcha de l'un des vitraux du palais et s'assura que les nappes de brouillard à l'extérieur étaient immobiles, avant d'ouvrir la lourde porte qui donnait accès à la passerelle.

Le mince bras de pierre suspendu dans les airs ne mesurait qu'une vingtaine de mètres de long, mais parcourir cette distance dans une brume épaisse et moite qui pouvait prendre vie d'une seconde à l'autre pour attaquer était réellement oppressant, même pour un nécromancien expérimenté.

Askorias referma la solide porte derrière lui et prit une grande inspiration. Il était seul, maintenant. Seul avec ces nappes blanchâtres qui flottaient autour de lui. S'il marchait assez lentement, s'il essayait de les contourner pour ne pas les effilocher, s'il prenait son temps et retenait son souffle, il aurait peut-être une chance d'atteindre la tour d'en face qu'il devinait à peine, noyée dans son linceul de brume.

Un des alliés qu'il s'était faits lors d'un voyage précédent, un rôdeur intrépide et curieux, lui avait expliqué que le palais des Brumes comptait sept tours. L'esprit n'avait bien entendu jamais vu l'édifice dans son entier, mais il avait visité les six tours latérales en se déplaçant de l'une à l'autre grâce aux passerelles qui défiaient le vide. En fait, ces six tours en encerclaient une septième, plus haute et plus massive, mais également plus mystérieuse, vu qu'aucune passerelle ne la reliait aux autres. Nul esprit ne s'y était jamais rendu.

Askorias s'arrêta un instant pour chercher des yeux cette fameuse tour centrale. Ne la voyant pas, il reprit sa lente progression. Sa nervosité était telle qu'il sentait à présent la sueur glisser entre ses omoplates. Ses gestes demeuraient pourtant fluides et mesurés. Telle une ombre, il s'efforçait de glisser entre les lambeaux de brouillard sans les déchirer davantage.

Il avait accompli plus de la moitié du trajet lorsqu'il sentit un courant d'air chatouiller son visage gris. Un mouvement vif attira son regard vers la gauche. Un instant, il aurait juré avoir vu une forme sombre se mouvoir dans la brume épaisse, un peu comme une créature aquatique glissant dans une eau laiteuse. Askorias s'immobilisa. Une dizaine de mètres le séparait encore de la tour. Il n'avait plus le choix. Pris d'une peur panique, il s'élança en direction de la large porte dont il commençait à apercevoir les contours. L'air commença alors à s'agiter. Les nappes immobiles auparavant se mirent à onduler de plus en plus rapidement, comme si elles prenaient vie, et le cœur d'Askorias tambourina dans sa poitrine au rythme de sa course effrénée.

Que pouvait la brume contre lui, le seul vivant du royaume des morts? Il refusa de répondre à sa propre question, s'empara de la poignée rouillée de la porte et tira de toutes ses maigres forces. Le battant ne résista pas et le vieux drow se précipita à l'intérieur de la tour. Il claqua la porte derrière lui.

À bout de souffle, le nécromancien s'adossa contre le lourd battant. Les yeux fermés, il tenta de calmer sa respiration.

— Vous êtes en retard, maître! ironisa une voix nasillarde qui le fit sursauter. Je vous attendais plus tôt.

— Hum! J'ai fait ce que j'ai pu, figure-toi! grommela Askorias en s'empressant de retrouver sa contenance. Bon! Tu l'as trouvé?

L'urbam qui l'avait autrefois servi dans l'autre monde tendit une main crasseuse.

— Un marché est un marché. Vous m'aviez promis une petite compensation…

— J'ai ce que tu m'as demandé, déclara le nécromancien en sortant une fiole écarlate de sa poche. Mais je ne te la donnerai que lorsque tu m'auras conduit jusqu'à Ravenstein!

— Chut! Pas si fort! cracha l'autre en ouvrant des yeux ronds. Seriez-vous devenu fou! L'esprit que vous cherchez est l'un des plus puissants de cette tour. Il est très apprécié ici. Ne prononcez plus son nom et suivez-moi!

Askorias se renfrogna, mais il suivit son guide sans mot dire. Il se serait bien passé des services de son ancien serviteur, mais il n'avait pas pu faire le difficile. Rares étaient les mauvais esprits suffisamment inconscients pour s'aventurer seuls dans la tour des Sages. Pour le convaincre, le nécromancien avait dû l'appâter. Il savait que l'urbam ne refuserait pas un peu de sang humain.

Les deux silhouettes se faufilèrent dans les méandres des couloirs en évitant de croiser les rares occupants des lieux. Dans la tour des Sages, les esprits n'étaient guère belliqueux, car, à la différence des autres, ils avaient choisi de vivre là.

C'était là que se cachait l'esprit de Ravenstein, et Askorias avait promis à sa petite-fille de le neutraliser. Ainsi l'armée de la jeune matrone pourrait déferler sur Laltharils et massacrer sans pitié tous les elfes de la surface.

— C'est ici, chuchota l'urbam en indiquant une porte en chêne sculpté.

Le nécromancien observa avec mépris l'arbre stylisé gravé dans le bois. Il tendit le flacon de sang à l'urbam.

— Tiens, et maintenant, dégage! Surtout, pas un mot de tout ceci à quiconque.

— Soyez sans crainte, maître, ricana la hideuse créature en faisant disparaître la fiole dans les plis de sa tunique. Si vous avez besoin de quoi que ce soit d'autre, vous savez où me trouver.

Askorias hocha la tête et regarda son guide s'éloigner en soupirant. Il n'avait plus le droit d'échouer. C'était maintenant ou jamais. Il extirpa un étrange tube transparent de sa poche, posa sa main décharnée sur la poignée et ouvrit la porte.

1

L'été tirait à sa fin; pourtant, l'air était encore étouffant, cet après-midi-là. Le soleil jouait paresseusement à cache-cache avec les feuilles de glycine de la tonnelle. Luna savourait ce moment de tranquillité absolue. Elle se demandait quelle robe elle pourrait bien porter le soir venu. Elle hésitait encore entre la dorée, un peu voyante, mais tellement originale, et la noire plus sage, mais très élégante. De nombreux courtisans seraient présents à l'occasion des fiançailles de son amie Cyrielle avec Platzeck, le fils d'Edryss. Pour la première fois depuis le mariage de Darkhan et Assyléa presque un an et demi auparavant, un banquet réunirait à nouveau toutes les races d'elfes qui cohabitaient autour du lac de Laltharils. Peut-être que la promesse d'amour qu'échangeraient les tourtereaux donnerait des idées aux autres jeunes gens de la cité. Mélanger les races était en effet la seule façon de fonder une vraie société multiraciale comme l'avait initialement souhaité Hérildur.

Soudain un gazouillis joyeux tira Luna de ses pensées. Elle rentra dans la chambre et se précipita auprès du berceau. Là, elle se pencha, attendrie. Le petit Khan lui adressa un sourire qui la fit fondre. Avec ses beaux yeux noirs et ses adorables fossettes, le fils de Darkhan et Assyléa était un amour de bébé. À neuf mois, il était déjà très éveillé et fort vigoureux.

— Bonjour, mon ange! murmura la jeune fille en caressant la peau gris foncé de l'enfant. Tu as fait une grosse sieste; c'est bien!

Elle s'amusa à le chatouiller. Khan qui n'attendait que cela éclata de rire en se tortillant comme un petit ver pour le plus grand bonheur de l'adolescente.

Luna raffolait de ces moments de complicité. Dès que ses obligations et ses cours lui en laissaient le temps, elle ne manquait pas une occasion de rendre visite à Khan. Et, lorsque Assyléa lui avait demandé si elle pouvait s'occuper de son fils pendant son absence, la jeune fille n'avait pas hésité. À quinze ans et trois mois, elle se sentait tout à fait capable de veiller sur le bambin quatre jours durant.

— Dommage que papa et maman rentrent ce soir, hein, mon crapouillot? On était bien tous les deux. Oh, mais c'est quoi, cette drôle d'odeur? Serais-tu allé faire un petit tour chez le Marécageux? Bon, je vais te changer et après nous irons voir les loups, d'accord?

Les grands yeux du bébé se mirent à briller de bonheur.

— Loup! loup! loup!

Luna était très fière d'entendre Khan répéter ce mot. C'était elle qui le lui avait appris.

— Oui, c'est ça! s'écria-t-elle, radieuse. On va aller voir les loups!

L'enfant riait aux éclats lorsque Kendhal glissa sa tête dans l'entrebâillement de la porte.

— Salut, princesse! Je ne te dérange pas?

Avec sa chemise blanche et son pantalon de velours gris, le jeune roi était resplendissant. Ses cheveux d'or auréolaient son visage d'une douceur lumineuse.

— Bien sûr que non! Entre! se réjouit Luna. Tu tombes bien, Khan vient juste de se réveiller.

— Je vois ça! s'exclama-t-il en déposant un baiser sur le front du bébé. Il a l'air de bonne humeur, dis donc! Je suis impressionné.

— Parce que j'arrive à le faire rire? s'étonna l'adolescente.

— Non, enfin, si, mais pas seulement pour ça. En fait, je suis épaté. Je ne pensais pas que tu t'en sortirais aussi bien. Ce n'est pas si facile, de s'occuper d'un bébé de cet âge-là, mais Darkhan a eu raison de te faire confiance.

— Pourtant, s'il n'y avait eu que lui, ils ne seraient jamais partis, rétorqua Luna tout en allongeant le bambin pour le langer. Mon cousin est tellement fou de son fils qu'Assyléa a dû déployer des trésors d'ingéniosité pour le convaincre de partir quelques jours en amoureux avec elle! Mais, s'ils souhaitent partir à nouveau, je n'hésiterai pas une seconde à leur proposer mes services.

Kendhal regarda son amie avec admiration. Ses gestes étaient d'une douceur et d'une précision remarquables. En un rien de temps le petit Khan fut changé, habillé, peigné et parfumé sans qu'une seule larme ne soit versée.

— Et voilà, mon cœur, tu es le plus beau des petits elfes! s'émerveilla Luna en le portant à bout de bras. Kendhal, j'ai promis à Khan de l'amener voir les loups. Tu nous accompagnes?

Le jeune roi pencha la tête sur le côté, hésitant, puis son visage se fendit d'un large sourire:

— Pourquoi pas, tiens! Une promenade dans la forêt me changera les idées. Toutes ces histoires autour du procès de Bromyr m'ont usé. Entre ses partisans qui prônaient ma clémence et ses détracteurs qui réclamaient sa tête, j'ai cru qu'on n'en sortirait jamais.

— Un an et demi de procès, ça fait long, quand même !

— À qui le dis-tu ! Mais ça y est, j'ai enfin réussi à mettre tout le monde d'accord. J'ai rendu mon verdict ce matin. Le traître sera emprisonné à vie dans les geôles de Laltharils.

— Sage décision ! approuva la jeune fille. Dommage que tu ne l'aies pas prise plus tôt. Si tu m'avais écoutée, cela t'aurait évité bien des tracas.

Kendhal hocha la tête, conscient de la justesse de sa remarque. Il s'attendait à ce que Luna en rajoute, mais, à son grand soulagement, elle préféra changer de sujet.

— Dis-moi, ça fait longtemps que tu n'as pas vu les louveteaux ? Tu vas les trouver changés ! Tu sais qu'ils ont déjà trois mois ?

— Comment l'oublier ? Scylla a mis bas quelques jours après ton anniversaire. C'était pour le moins un cadeau original.

— Ça, oui, alors !

— Comment s'appellent-ils, déjà ?

— Jek, c'est le mâle, celui qui a la couleur d'Elbion, alors que Kally et Naya, ses sœurs, ressemblent plutôt à leur mère. Ils sont magnifiques, mais très turbulents. Pauvre Scylla, ils lui en font voir de toutes les couleurs.

— Tu ne lui as pas proposé tes services ? plaisanta Kendhal. Scylla aimerait peut-être partir quelques jours avec Elbion... Et, puisqu'un louveteau ne te pose pas de problème, tu devrais essayer avec trois !

— Certainement pas ! pouffa Luna en tendant le bébé à son ami. Tiens, mon chou, va un peu avec tonton Kendhal le temps que je remette un peu d'ordre dans ta chambre.

Ce n'était évidemment qu'un prétexte, mais le jeune homme accepta le bambin avec un plaisir évident. Luna se hâta de ranger les langes et de plier les petites affaires éparpillées un peu partout puis, se dirigeant vers les jardins, elle lança :

— Allez, en route, les gars, on va voir les loups !

— Loup ! loup ! répéta l'enfant en gigotant joyeusement.

Kendhal regarda Khan, époustouflé.

— C'est toi qui lui as appris à dire ça ?

— Ça t'étonne ? demanda malicieusement Luna. À moi aussi, c'était mon premier mot, figure-toi !

La tanière d'Elbion, spécialement préparée pour accueillir la portée, se situait à une petite heure de marche, au sud du lac. Aménagé dans une cavité naturelle dissimulée par un enchevêtrement de racines énormes et de rochers moussus, le terrier était un endroit douillet et sécurisant où les louveteaux aimaient retrouver la chaleur maternelle le soir venu. Dans la journée, ils s'aventuraient chaque fois un peu plus loin, avides de découvertes intéressantes et de rencontres insolites. Leur instinct et leur curiosité les incitaient parfois à commettre quelque imprudence, mais leurs parents, vigilants, gardaient toujours un œil sur eux.

Lorsque Luna parvint dans la prairie au pied du promontoire rocheux, elle tendit l'oreille et sut immédiatement que la tanière était vide. Les petits loups étaient probablement partis en vadrouille dans les environs. L'adolescente porta les doigts à ses lèvres pour siffler trois notes, simples, sibyllines, mais efficaces. Elle savait que dans quelques minutes les louveteaux se jetteraient sur elle pour lui lécher le visage.

Elle les entendit bien avant de les voir. Là où Kendhal ne perçut que jappements joyeux et couinements frénétiques, Luna reconnut son nom, scandé par les trois petits loups.

Ce fut Jek qui, le premier, jaillit des fourrés, pour sauter sur l'adolescente. Ses sœurs ne tardèrent pas à apparaître, pressées de se mêler au bruyant câlin et de profiter des caresses et des chatouilles prodiguées par la jeune fille, bien vite débordée.

Kendhal contempla l'étonnant spectacle, non sans appréhension. Instinctivement, il recula de quelques pas et resserra son étreinte autour de Khan qui trépignait pourtant vigoureusement comme pour signifier qu'il voulait également se joindre au chahut.

— Bande de sauvages ! s'écria Elbion en se plantant sur un rocher qui surplombait la prairie. Laissez Luna respirer, tout de même !

— Oh, ne les gronde pas ! fit Luna entre deux fous rires. Ils sont si heureux de me voir !

— Ça, pour être heureux, ils le sont, approuva la douce Scylla qui venait de rejoindre son compagnon. Chacune des visites de Luna est une véritable fête pour eux. Elle est un peu comme leur grande sœur.

— Hé, mais c'est ma sœur à moi ! protesta Elbion.

— Ne sois pas jaloux, grand bêta ! Ta mère vous a peut-être allaités ensemble, mais tu as vieilli bien plus vite que Luna. Regarde-la, elle n'est encore qu'une adolescente, alors que toi tu es déjà un très vieux loup. Heureusement que j'ai craqué pour toi, sinon tu serais resté célibataire jusqu'à la fin de tes jours ! Allez, va saluer Kendhal et le jeune Khan. Moi, je vais aller libérer Luna.

Elbion ne se fit pas prier. En deux bonds, il atteignit la prairie et, la queue frétillante, il s'approcha du roi pour quémander une caresse qu'il lui offrit bien volontiers. Sachant le loup ivoire digne de confiance, Kendhal fit même mieux. Il s'agenouilla pour que Khan puisse en faire autant. En prononçant l'unique mot qu'il connaissait, l'enfant tapota le museau de l'animal. Ses gestes étaient encore maladroits et imprécis, mais son plaisir était évident.

De son côté, grâce à son autorité naturelle, Scylla eut rapidement raison de la frénésie de ses petits et Luna put s'échapper pour rejoindre Kendhal et Elbion. Elle était décoiffée, essoufflée, mais follement heureuse.

Une fois calmés, les louveteaux eurent l'autorisation d'approcher le petit elfe qui se mit à rire de bonheur en sentant leurs langues humides chatouiller ses joues potelées.

— Qu'ils sont mignons! s'extasia Kendhal. C'est marrant, en les voyant si énervés avec toi, je n'aurais jamais imaginé qu'ils puissent être aussi doux avec Khan. Tu as vu comme ils font attention à ne pas lui faire mal?

— Les loups sont des animaux extrêmement intelligents, expliqua Luna. Dès leur plus jeune âge, les louveteaux comprennent beaucoup de choses. Scylla leur a bien expliqué que Khan était très fragile et qu'il ne fallait surtout pas l'effrayer, ni faire de gestes brusques et encore moins le mordiller. Ils obéissent, c'est tout.

— C'est vrai, mais ils n'ont que trois mois !

— Tu sais, à cet âge-là, les loups ont la maturité d'un enfant de quatre ou cinq ans. Ils savent parfaitement ce qu'ils ont le droit de faire ou pas. Avec moi, ils savent que tout est permis, tandis qu'avec Khan ils doivent faire attention.

— C'est extraordinaire, murmura le jeune homme, fasciné.

Tout à coup, Elbion se leva et fixa Luna avec intensité.

— Ça te dirait de faire un petit tour, rien que tous les deux ?

L'adolescente fronça les sourcils. Elle se releva aussitôt et prévint Kendhal :

— Je vais me promener avec Elbion, mais je ne m'éloigne pas, n'aie crainte. Je te laisse mon sac. Si Khan a faim, tu y trouveras de quoi le rassasier.

Kendhal fit une drôle de mimique, mais il finit par hocher la tête en souriant.

— Qu'y a-t-il ? demanda Luna à son frère de lait une fois qu'ils furent assis près du ruisseau qui courait en contrebas de la prairie.

— Oh, rien de spécial, je voulais juste me rappeler le bon vieux temps, quand on parcourait la forêt, toi et moi, en quête d'aventures.

Entre les vampires et les lycanthropes, on en a vu de belles tous les deux.

Luna le dévisagea en silence, un sourire au coin des lèvres.

— Inutile de tourner autour du pot, Elbion, je te connais par cœur. Quelque chose te tracasse et je veux savoir quoi.

Le grand loup soupira, les yeux rivés sur le ciel azur.

— Je ne sais pas… Je m'inquiète peut-être pour rien, ce n'est pas la peine de…

— Arrête ça et dis-moi tout ! Tu as un problème avec Scylla, c'est ça ? Ou bien c'est un des louveteaux qui a fait une grosse bêtise ?

Elbion tourna la tête pour plonger ses yeux dorés dans ceux de Luna.

— Non, c'est à propos de la forêt.

Aussitôt le visage de la jeune fille s'assombrit.

— Ce matin, en sortant de la tanière, j'ai senti que quelque chose n'allait pas. Je n'aurais su dire quoi précisément, mais ce n'était pas comme d'habitude.

Le loup marqua une pause avant de reprendre en chuchotant presque :

— Ce n'est que plus tard, en me promenant avec les petits, que j'ai compris ce qui m'avait choqué au réveil. Le silence de la forêt.

Luna écarquilla les yeux et tendit l'oreille.

— Mais qu'est-ce que tu racontes ! J'entends parfaitement les trilles du rouge-gorge, la brise jouant avec les feuilles, les murmures de la rivière, le bruissement de l'herbe autour de nous et même…

— Mais écoute au fond de ton cœur, Luna. La forêt ne chante plus !

L'adolescente le regarda de travers en haussant un sourcil. Elbion tenta alors d'expliquer ce qu'il ressentait.

— Dans cette forêt, tout l'air vibre sous l'effet d'un chant de paix et d'harmonie qui résonne au plus profond de mon être. Le jour où nous sommes venus habiter ici, j'ai entendu cette mélodie si particulière. Or, aujourd'hui, ce souffle de vie semble avoir disparu. Je n'entends qu'un silence absolu, oppressant et angoissant.

Luna mit ses mains sur sa bouche pour étouffer un cri.

— Tu… tu crois qu'il est arrivé quelque chose à l'esprit de Ravenstein ?

— Je ne veux pas dramatiser, mais mon instinct me trompe rarement. Comme je sais que tu es régulièrement en contact avec l'esprit de ton grand-père, je me suis dit que tu pourrais essayer de découvrir ce qui cloche.

— Bien sûr ! approuva Luna en se relevant prestement. Dès cette nuit, je vais tenter d'entrer en contact avec Hérildur.

Alors qu'elle remontait la pente d'un pas décidé, elle s'immobilisa soudain et fixa le loup.

— Tu crois que je peux en parler à Kendhal ?

Elbion sembla hésiter.

— À Kendhal, oui, parce que vous partagez beaucoup de choses. Mais à ta place j'attendrais d'en savoir plus avant d'en informer ta mère. Inutile d'alarmer tout le monde pour l'instant, d'autant que, ce soir, je crois savoir que vous célébrez un joyeux événement. Ce serait dommage de tout gâcher à cause d'un pressentiment.

— Tu as raison, soupira l'adolescente, mais ça va être dur de faire comme si de rien n'était, de paraître sereine et détendue, alors que je serai rongée par l'inquiétude.

— Tu t'en sortiras très bien ! l'encouragea Elbion en se remettant en route.

Luna hocha la tête en silence et songea que le choix de sa robe était à présent le cadet de ses soucis.

2

Luna enfila une chemise de nuit légère et souffla la bougie qui vacillait sur sa table de chevet. Toute la soirée, elle n'avait pensé qu'au moment où elle irait enfin se coucher. Depuis sa conversation avec Elbion, l'idée que l'esprit de Ravenstein pouvait être en danger la hantait. Difficile de faire bonne figure dans ces conditions ! D'autant plus que la fête en l'honneur de Cyrielle et Platzeck s'était prolongée tard dans la nuit.

Certes, Luna se réjouissait de leur bonheur. L'amour qui unissait la gracieuse avarielle et le ténébreux elfe noir était évident. En outre, de voir ces deux peuples bavarder et plaisanter autour d'une coupe de vin pétillant avait réchauffé le cœur de l'adolescente. Le rêve d'Hérildur devenait enfin une réalité tangible, mais, sans la protection de Ravenstein, ce rêve ne risquait-il pas de tourner au cauchemar?

Toute la soirée Luna avait dû lutter pour garder le silence. Combien de fois avait-elle eu envie de prendre Darkhan ou sa mère à part pour leur confier le mauvais pressentiment d'Elbion! Mais son cousin semblait si détendu après ces quatre jours passés en compagnie de sa jeune épouse que l'adolescente ne se sentait pas le droit de troubler sa quiétude. Quant à la fragile Ambrethil, elle allait nettement mieux depuis quelque temps. Elle était plus sereine, plus optimiste et plus souriante que jamais. Inutile, donc, de l'alarmer pour rien. Elbion avait raison.

Luna se glissa sous son drap de soie et ferma les yeux.

Elle espérait que la fatigue l'emporte sur l'angoisse et l'entraîne rapidement au cœur de ses rêves. Hélas, ce n'était pas aussi facile. Elle rêvait de moins en moins, ces temps-ci. Les visites nocturnes de son grand-père n'étaient plus aussi régulières qu'avant, non plus. Et, lorsqu'il lui rendait visite, il ne s'attardait guère, se contentant de la serrer dans ses bras et de prendre quelques nouvelles avant de s'éclipser rapidement.

Elle s'allongea sur le ventre et s'efforça de faire de vide dans son esprit. De ne plus penser à rien était en effet le meilleur moyen de plonger dans l'inconscience. Elle chassa les visages souriants, évacua les rires joyeux et les musiques entraînantes, tenta d'éclipser les mains de Kendhal sur ses hanches lors de cette gigue endiablée dans laquelle il l'avait entraînée.

Lorsqu'une sourde torpeur s'empara d'elle, Luna ne résista pas et se laissa absorber par cette masse cotonneuse qui l'engloutit tout entière. Sa conscience se déconnecta, noyée dans l'obscurité et le silence.

Ce ne fut que bien plus tard qu'elle se mit à rêver. Un rêve étrange où, à bord d'une grande frégate, elle voguait sur les flots impétueux. Le ciel était dégagé, mais sur la mer houleuse moutonnaient des crêtes à l'écume blanche. Cheveux au vent, Luna fixait l'horizon avec avidité. Derrière elle, Kendhal, une main autour de sa taille, l'autre sur le bastingage, regardait dans la même direction et avec la même intensité.

Soudain une vague éclata en un millier de gouttelettes qui se figèrent dans l'air comme autant de paillettes scintillantes. Kendhal fut le premier à disparaître, suivi du bateau et de l'océan. Luna se retrouva seule, dans une grande salle vide aux vitraux délavés. Dans le fond de la pièce austère, une porte s'ouvrit.

Hérildur entra en trombe et se précipita vers elle.

— Sylnodel, enfin, te voilà ! s'écria-t-il en la prenant dans ses bras. Mais que faisais-tu en pleine mer ?

La jeune fille haussa les épaules, bien incapable d'expliquer son propre songe.

— Peu importe ! ajouta aussitôt son aïeul en balayant l'air de la main. Écoute, mon enfant, l'heure est grave et je n'ai que toi vers qui me tourner.

— C'est à propos de Ravenstein, n'est-ce pas ?

Hérildur la dévisagea avec surprise.

— Comment le sais-tu ?

— Elbion m'a dit que la forêt ne chantait plus ; cela l'inquiète beaucoup.

— Il y a de quoi en effet.

— Que se passe-t-il, grand-père ?

— Ravenstein a disparu.

Luna resta pétrifiée un instant, puis une centaine de questions déferlèrent dans sa tête.

— Comment ça, disparu ? Et disparu d'où, d'abord ? Où peut-on aller quand on est mort ?

Hérildur soupira longuement avant de poser un bras affectueux autour des épaules de la jeune fille. Dans ses yeux clairs ondoyait une tristesse infinie.

— Je vais répondre à tes questions, mais il va falloir m'écouter sans m'interrompre, car je ne vais pas pouvoir rester longtemps avec toi.

— Pourquoi ça?

— Tu vois, tu commences déjà à me couper la parole! bougonna l'aïeul. Sache que, là où je vis à présent, il se passe des choses étranges et que je prends beaucoup de risques en venant te parler ainsi; alors, laisse-moi m'exprimer. C'est suffisamment compliqué comme ça.

Luna se renfrogna, mais elle fit signe qu'elle l'écouterait jusqu'au bout sans intervenir.

— Bon, je vais essayer d'être concis, reprit Hérildur, radouci. D'abord, il te faut savoir que, lorsque quelqu'un meurt, trois voies s'ouvrent à lui. La voie des anges s'il a été bon, honnête et droit toute sa vie. Il devient alors une de ces entités lumineuses et bienveillantes que tu as déjà rencontrées au royaume des dieux. Mais si au contraire le défunt a, de son vivant, perpétré des crimes, il ira au royaume des morts, également appelé Outretombe.

— Ça ne fait que deux voies! s'écria Luna avant de se mordre les lèvres.

— Sylnodel, je t'en prie! gronda son grand-père en fronçant ses sourcils broussailleux. À Outretombe, l'esprit rejoindra l'une des sept tours du palais des Brumes. Cinq tours sont réservées aux criminels. La sixième, appelée tour des Sages, abrite les âmes de ceux qui ont volontairement renoncé à devenir des anges pour protéger leurs semblables restés au royaume des vivants. C'est la troisième voie. Tu comprends ?

— Tout à fait. Et la septième ?

— La septième quoi ?

— La septième tour, bigredur ! Tu as dit qu'il y avait sept tours, mais tu n'as parlé que de six…

Le vieil elfe se rembrunit d'un coup. Un voile sombre traversa son regard, mais il préféra éluder la question.

— Ravenstein et moi-même vivons désormais dans la tour des Sages. Et, justement, il se trouve que mon vieil ami a disparu. Il se reposait dans sa chambre comme à l'accoutumée et, quand je lui ai rendu visite, la pièce était vide, complètement vide. Décorations, mobilier, tout avait disparu. Il n'y avait plus aucune trace de lui. Évidemment, je l'ai cherché partout. J'ai interrogé les autres habitants de la tour, mais personne n'a rien vu ni entendu. Ce qui m'inquiète le plus, c'est que normalement un esprit laisse derrière lui une aura, une sorte de résonance mystique qui permet de retrouver sa trace. C'est précisément cette empreinte sonore qu'Elbion et les autres animaux de la forêt perçoivent comme un chant.

— Et là, tu es en train de me dire que tu ne perçois plus son aura?

— Exactement. Et c'est cela qui me bouleverse, car ça signifie que Ravenstein n'est plus dans le palais des Brumes.

Luna ouvrit des yeux ronds.

— Mais c'est impossible! À moins qu'il ne soit devenu un ange…

— Jamais Ravenstein n'aurait pris cette décision sans m'en parler! s'offusqua Hérildur.

L'adolescente se mit à marcher de long en large, en proie à une vive agitation intérieure.

— Est-ce que quelqu'un aurait pu le forcer à rejoindre le royaume des dieux contre sa volonté?

— Impossible. C'est une démarche personnelle et nul ne peut l'entreprendre pour autrui.

— Alors, est-ce qu'un mauvais esprit venu d'une autre tour aurait pu pénétrer dans la vôtre pour lui nuire? le capturer? l'enfermer ailleurs? ou même le tuer?

— Tuer un mort? s'étonna Hérildur que l'idée aurait certainement fait sourire si la situation n'avait pas été aussi grave. Non, Sylnodel. Et puis, en général, les esprits évitent de s'aventurer dans une autre tour que la leur.

— Pourquoi donc?

— Oh, Sylnodel, pour l'amour du ciel, cesse de me poser des questions auxquelles je n'ai pas le droit de répondre! Tout ce que tu as à savoir pour le moment, c'est que Ravenstein n'est plus à Outretombe.

Luna plissa les lèvres, dépitée que son grand-père refuse d'assouvir sa curiosité. Mais son ressentiment laissa vite place à l'angoisse.

— Mais dis-moi, si Ravenstein a disparu, la forêt n'est plus… protégée!

Hérildur hocha gravement la tête.

— Hélas non, ma belle. Et, outre l'inquiétude sincère que j'éprouve pour mon ami, c'est surtout pour vous que je m'angoisse. Seul, je ne crois pas être suffisamment fort pour assurer la protection de la forêt. Je n'ai jamais eu la puissance et la sagesse de Ravenstein.

— Ce qui veut dire que, si les drows attaquent…

— … rien ne les empêchera d'atteindre Laltharils! termina Hérildur avec gravité. À moins que je ne trouve un moyen d'empêcher cela, ce qui tiendrait du miracle.

Luna blêmit. Un frisson d'effroi la parcourut, laissant dans son cœur une empreinte glacée. Un instant elle vit des hordes de guerrières assoiffées de sang jaillir de Rhasgarrok pour venir dévaster la magnifique forêt, elle imagina des dragons monstrueux allumant des milliers de brasiers qui consumeraient toute forme de vie. Elle crut entendre des cris de terreur, des hurlements de souffrance qui résonnaient dans sa tête.

— Matrone Zélathory! s'écria soudain l'adolescente au bord des larmes. C'est elle qui est responsable de tout ça! C'est sûrement à cause d'elle que Ravenstein a disparu et, maintenant qu'il est hors d'état de nuire, elle va certainement sortir de son trou pour venir nous détruire.

À ces mots, Hérildur sursauta. Il fixa sa petite-fille avec gravité.

— Tu n'es donc pas au courant? murmura-t-il d'une voix blanche.

— De quoi?

— Matrone Zélathory est morte, il y a presque deux ans de cela. C'est ton oncle, Sarkor, qui l'a assassinée.

Luna tomba des nues.

— Sarkor! Mais je croyais qu'il était parti en exil.

— En exil à Rhasgarrok, oui. Il avait une vengeance personnelle à accomplir. La nouvelle matriarche des drows s'appelle Sylnor.

— Sylnor? répéta Luna, sur le point de défaillir. Matrone Sylnor?

— Oui, et le plus effrayant c'est que, d'après certains esprits qui nous ont récemment rejoints ici, cette adolescente ne serait autre que ma…

Comme la voix du vieil elfe s'était brisée, Luna termina à sa place.

— ... que ta petite-fille, je sais! Sylnor est bien ma sœur, en effet. La fille cadette d'Ambrethil et d'Elkantar And'Thriel. Nous nous sommes déjà rencontrées et affrontées dans l'antre de Lloth. Je m'en serais bien passée, d'ailleurs.

Ce fut au tour d'Hérildur de devenir livide.

— Ainsi, c'est vrai! Mais... mais pourquoi n'en as-tu jamais rien dit à personne?

Luna sentit ses joues s'empourprer.

— En réalité, seule Assyléa est au courant de son existence. Je n'ai jamais osé aborder le sujet avec toi et encore moins avec Ambrethil. Comment lui avouer que la fillette qu'on lui a arrachée pour l'offrir au monastère de Lloth est devenue une odieuse gamine souillée par la déesse araignée, à l'âme rongée par la haine? Et puis, à ma décharge, maman n'y a jamais fait allusion. Pas une seule fois elle ne m'a laissé entendre que j'avais une sœur. J'ai toujours cru qu'il valait mieux qu'elle croie Sylnor morte plutôt que de découvrir ce qu'elle est vraiment devenue.

— Hum, ça c'est ton point de vue, maugréa Hérildur, abasourdi par ces révélations. Mais, vu les récents événements, je crois que tu vas devoir réviser ton jugement. Dès demain matin, tu vas aller voir ta mère et tout lui révéler. La disparition de l'esprit de Ravenstein, l'existence de Sylnor, le fait qu'elle est devenue la grande prêtresse de Lloth et que son armée est très certainement sur le pied de guerre.

Luna sentit soudain ses forces l'abandonner. Comment avouer ce terrible secret, surtout après ces trois années de silence? Comment Ambrethil allait-elle réagir? Lui en voudrait-elle? Lui reprocherait-elle de n'avoir rien fait pour délivrer sa sœur des griffes de Zesstra, puis de celles de Zélathory? L'accuserait-elle de jalousie? La renierait-elle comme Luna avait renié sa propre sœur?

— Non… non, grand-père, je ne peux pas! suffoqua-t-elle. Je ne peux pas parler de Sylnor à maman. C'est impossible.

— Tu n'as pas le choix, Sylnodel, rétorqua Hérildur avec sévérité. Tu as fait un choix, autrefois. Il te faut maintenant l'assumer.

— On dirait que tu m'en veux, se lamenta l'adolescente, à deux doigts de fondre en larmes.

— Non, Sylnodel. Je ne t'en veux pas. Tu as fait ce qui sur le moment te semblait juste, mais tout mensonge, même par omission, a un prix. Cette fois, tu n'as plus d'autre option. Tu dois assumer tes responsabilités.

Luna hocha la tête à contrecœur.

— Et toi, que vas-tu faire ? demanda-t-elle à voix basse. Tu vas essayer de trouver un moyen de nous aider ?

Hérildur caressa sa longue barbe d'un air absent.

— Oui, mais… dis donc, je suis en train de penser à quelque chose. Tu as bien dit que ton père, et donc celui de Sylnor, appartenait à la maison And'Thriel, n'est-ce pas ?

— En effet.

— Eh bien ! il se trouve que ce nom ne m'est pas étranger. J'ai rencontré, autrefois, un drow qui portait ce patronyme. Ses talents de nécromancien étaient déjà exceptionnels à l'époque. Si je n'avais été protégé par la magie de mes ancêtres, Askorias m'aurait pulvérisé. Je me demande si cet ignoble individu est toujours en vie…

— Ce serait mon grand-père paternel ?

— Possible… Possible aussi qu'il ait agi sur ordre de ta sœur. Et si c'est lui qui a fait disparaître l'esprit de Ravenstein je crains hélas ! que nous ne le revoyions jamais plus.

— Tu vas essayer de nous aider, dis ?

— Je ne te promets rien, Sylnodel, mais, s'il existe une solution, je ferai tout pour sauver Laltharils, oui.

Sous le regard inquiet de Luna, la silhouette de l'ancien roi des elfes de lune se troubla et disparut progressivement. L'adolescente resta seule un instant dans la pièce vide avant de sombrer dans les ténèbres de l'inconscience.

3

Matrone Sylnor était d'excellente humeur ce matin-là. La veille au soir, elle était passée à la forge et toutes les armures qu'elle avait commandées étaient enfin prêtes. Confectionnées dans le mithril le plus pur, elles seraient bientôt ensorcelées par la déesse en personne. Grâce à ce traitement exceptionnel, les cottes de mailles, jambières, heaumes et casques portés par les guerriers drows résisteraient aussi bien aux flèches des archers, qu'au tranchant des épées ou aux sorts des mages. Son armée serait invincible.

Un sentiment de toute-puissance inonda Sylnor.

Aucun des elfes de la surface ne serait de taille à s'opposer à ses troupes. Et, pendant que les drows trancheraient les chairs, tailleraient les membres et poignarderaient les cœurs de leurs ennemis, elle, Sylnor assouvirait sa vengeance personnelle. D'abord elle réglerait son compte à sa sœur qu'elle maudissait du plus profond de son âme. Grâce aux trois pouvoirs octroyés par Lloth, Sylnor serait en mesure d'affronter son aînée. La jeune matrone écraserait définitivement Luna, lui faisant ainsi payer son arrogance et sa suffisance. Ensuite, elle s'occuperait d'Ambrethil qui l'avait lâchement abandonnée et qui revenait la hanter dans ses pires cauchemars.

Il y avait trois ans qu'elle rêvait d'un tel dénouement. Une fois débarrassée de sa sœur et de sa mère, Sylnor pourrait enfin s'épanouir pleinement dans son rôle de matriarche suprême et entreprendre les profondes réformes dont avait besoin la société drow pour parvenir à son apogée.

Toute à ses pensées, la jeune fille gagna son trône d'un pas assuré. Elle s'y assit et savoura le contact glacé de l'obsidienne dans son dos. Elle posa ses mains sur les accoudoirs et caressa les araignées stylisées qui ornaient le divin siège. Ces petits rituels quotidiens confortaient sa suprématie absolue. Personne d'autre qu'elle ne pouvait jouir d'un tel privilège. Depuis l'épisode glorieux de l'attaque du monastère par les adeptes de Naak, plus d'un an et demi auparavant, personne à Rhasgarrok n'aurait osé remettre en cause son accession au rang de matriarche. Tous les habitants, quelles que soient leur race et leur position sociale, l'adulaient presque autant qu'ils adoraient la déesse. Jamais la cité souterraine n'avait eu une grande prêtresse aussi puissante et respectée.

Les doigts fins et fuselés de l'adolescente se mirent à marteler la pierre avec agacement. Ylaïs avait déjà une minute de retard. Matrone Sylnor avait en effet rendez-vous avec sa première prêtresse pour faire le point sur la livraison d'armes reçues dans la nuit. Elle commençait à s'impatienter quand la double porte de la salle s'ouvrit.

— J'ai failli attendre, Ylaïs ! gronda la jeune fille en guise de salutations. Alors, quelles sont les nouvelles ?

— Excellentes, Votre Grandeur, répondit la première prêtresse en s'inclinant avec respect. Toutes les armes livrées sont d'une qualité rare. Forgées par les meilleurs artisans de la ville, elles ont été enchantées par la déesse et ne demandent qu'à s'abreuver du sang de nos ennemis. Qu'il s'agisse des sabres, des cime-terres, des katanas, des haches doubles ou même des dagues, chacune de ces lames est un objet unique, confectionné dans la plus pure tradition de notre peuple, dans le but d'anéantir les elfes de la surface.

— Parfait! se réjouit matrone Sylnor, les yeux pétillants de cruauté. En cas de victoire, nous saurons récompenser ces artisans comme ils le méritent. Et qu'en est-il des boucliers? Seront-ils bientôt prêts?

— Avant-hier, je suis passée à l'armurerie et maître Ourok-Ar-Haï m'a assurée qu'ils seraient livrés aujourd'hui, en fin d'après-midi.

— Très bien. J'espère que le travail de cet orque se révélera d'aussi bonne qualité que celui de son prédécesseur. Je ne te cache pas que j'aurais préféré confier la réalisation des égides de mort à un drow mais, bon, vu le peu de temps qu'il nous reste, nous n'avions guère le choix.

— À ce propos, avez-vous des nouvelles de votre nécromancien? Cela fait cinq jours qu'il est parti, non?

— Askorias n'est toujours pas rentré et cela m'inquiète fort. C'est tout de même sa quatrième incursion dans le monde des morts. J'espère que cette fois sera la bonne, sinon il risque bien de nous claquer dans les mains, cet imbécile!

— On dirait que vous ne le portez pas vraiment dans votre cœur.

— Sa couardise m'exaspère! s'emporta l'adolescente au regard tranchant comme l'acier. Il se trouve des prétextes minables pour différer ses départs. Tu te rends compte ! il prétend que les esprits vivent dans un palais qui flotte dans une brume plus dangereuse que n'importe quel piège mortel.

— Ce nécromancien jouit pourtant d'une réputation sans faille.

— Oui, et c'est bien ça qui m'effraie, marmonna matrone Sylnor. Si lui échoue, personne ne pourra éliminer l'esprit de Ravenstein, auquel cas nos préparatifs martiaux ne serviront à rien.

La première prêtresse approuva en silence.

— Bien, tu peux disposer, maintenant, ajouta la matriarche en la congédiant d'un geste nonchalant. Je crois que tu as du travail.

— En effet, maîtresse. J'ai convoqué nos guerriers afin de sonder leur état esprit et d'administrer aux plus faibles d'entre eux un sort destiné à annihiler toute notion de danger. Pour gagner du temps dans cette tâche, j'ai réquisitionné toutes les prêtresses et les clercs capables de m'aider.

— Très bien. N'oublie pas non plus de passer en revue les troupes d'orques, de gobelins, de barbares et de trolls. Et assure-toi que chaque unité dispose d'un chef digne de ce nom. Sinon ça risque d'être la débandade dès le premier affrontement.

— Et les urbams, on en fait quoi, finalement ?

Matrone Sylnor plissa les lèvres dans un rictus de mépris.

— Je m'en occupe personnellement. Ces erreurs de la nature vont nous être très utiles, figure-toi. Je leur réserve un rôle bien particulier… Tiens, tant que j'y pense, j'aimerais rencontrer les chefs de guerre des différents clans, demain dans la soirée, afin de leur transmettre mes ordres de mission ainsi que le plan de bataille.

— Tout sera fait selon vos ordres, Votre Magnificence, l'assura la prêtresse en se courbant à nouveau avant de s'éclipser discrètement.

Matrone Sylnor sourit malgré elle. Cette fille était remarquable. Obéissante, fiable, efficace, fidèle, Ylaïs était sans conteste une recrue de choix. Pas une seule fois depuis que Sylnor l'avait nommée pour la seconder elle n'avait eu à regretter sa décision.

Elle en était là de ses réflexions quand on frappa à la porte. Thémys, la nouvelle intendante du monastère, passa sa tête dans l'entrebâillement des battants.

— Désolée de troubler votre méditation, divine prêtresse, mais j'ai pensé que vous voudriez être avertie du retour du nécromancien.

Le sang de matrone Sylnor ne fit qu'un tour. Elle quitta son trône d'un bond, le cœur battant.

— Tu as bien fait! s'écria-t-elle en se précipitant vers la jeune femme. Où est-il? Comment va-t-il? T'a-t-il dit quelque chose?

— Heu… non, rien de particulier, juste qu'il souhaitait vous voir au plus vite. Il vous attend dans ses appartements.

— Parfait, Thémys, tu as très bien fait de venir me chercher sans attendre! lança la matriarche en quittant la salle du trône tel un courant d'air.

En utilisant un des passages invisibles dont elle avait le secret, matrone Sylnor parvint rapidement jusqu'à l'aile du monastère où elle avait fait installer son aïeul. Sans frapper, elle déb...a dans les appartements du nécromancien et l'apostropha:

— Alors, tu l'as eu cette fois?

Ce ne fut qu'à ce moment qu'elle remarqua l'état pitoyable de son grand-père paternel. Le vieux drow ressemblait plus que jamais à un mort-vivant. Apparemment, son quatrième séjour parmi les fantômes avait encore empiré sa mauvaise forme. Pourtant, sa silhouette squelettique, ses os saillants, son visage décharné, loin d'attendrir sa petite-fille, ne lui inspirèrent au contraire que du dégoût.

— Parle, vieillard! lui ordonna-t-elle, menaçante. As-tu enfin neutralisé l'esprit de Ravenstein?

Allongé sur son lit, Askorias bougea péniblement la tête.

— Oui, ou non! s'énerva la matriarche, furieuse. Vas-tu parler, à la fin, ou faut-il que je sonde moi-même ton esprit?

Le nécromancien se mit à ricaner d'un air mauvais. Rassemblant ses maigres forces, il se redressa lentement et foudroya du regard l'impudente gamine qui osait lui parler comme à un demeuré.

— Vas-y, essaie de t'introduire dans ma tête, Sylnor! cracha-t-il comme un défi. Tu verras ce qu'il t'en coûtera! Malgré toutes les horreurs que tu as pu commettre, jamais tu n'es allée aussi loin que moi sur le chemin de la mort, je peux te le garantir. Sache qu'une seule incursion dans ma vieille caboche suffirait à te tuer.

L'adolescente soutint son regard, mais recula d'un pas. En réalité, le savoir du nécromancien l'effrayait et pour rien au monde elle n'avait envie de pénétrer dans ce crâne immonde. Même pour atteindre les arcanes de la mort. Elle avait trop peur d'y trouver la sienne. Elle serra les mâchoires et rongea son frein, attendant que le vieillard se calme. Elle n'aurait jamais dû le brusquer ainsi, mais elle avait tellement hâte de savoir ! Il fallait qu'elle sache. Qu'elle sache enfin si cela valait la peine d'envoyer presque la totalité de la population de Rhasgarrok à l'assaut de Laltharils.

— J'ai en effet découvert où se cachait l'esprit de cette maudite forêt, commença Askorias. La bonne nouvelle, c'est que j'ai pu le neutraliser.

— Tu l'as tué ? demanda l'adolescente précipitamment.

Un rire sec fit office de réponse.

— Parce que, toi, tu sais comment tuer un mort ! se moqua-t-il.

— Hé, chacun son rôle ! C'est toi, le spécialiste des esprits, pas moi ! Tout ce dont j'ai besoin c'est que l'influence de Ravenstein soit détruite. Je veux m'assurer que c'est effectivement le cas.

— Sois rassurée, Sylnor. Là où il est, l'esprit de Ravenstein ne peut plus rien pour ses petits protégés.

— Mais tu ne l'as pas complètement supprimé, n'est-ce pas ? s'enquit-elle, suspicieuse.

— En effet, je l'ai aspiré dans un citrex.

— Dans un quoi ?

— Un citrex. C'est un artefact très puissant qu'utilisaient autrefois les anciens pour capturer les créatures venues d'autres plans. J'ai découvert, au fil de mes expériences interdites, que cela fonctionnait également très bien avec les esprits.

— À quoi ça ressemble?

— À ça… fit Askorias en sortant de sa poche un tube en verre, long d'une quinzaine de centimètres et fermé par un bouchon doré.

À l'intérieur, des volutes de fumée s'agitaient en tous sens, tel un tourbillon de poussière.

— Une fois emprisonné à l'intérieur, ajouta le nécromancien en fourrant l'étrange objet dans sa poche, l'esprit perd toute influence. Sa résonance psychique est réduite à néant.

— Mais quel est l'intérêt de le garder dans ce… tube? Pourquoi ne pas t'en débarrasser tout de suite?

— Hum… Il se peut qu'un jour ou l'autre nous ayons besoin de ses services.

— Nous? Peux-tu être plus explicite?

Askorias soupira et se leva pour effectuer quelques pas dans la pièce.

— Tu sais, Sylnor, la mort n'a plus beaucoup de secrets pour moi. J'en ai découvert tellement d'aspects qu'une part de moi-même est déjà à Outretombe. Mais je dois avouer que le cas de Ravenstein m'intrigue. Je veux découvrir comment un simple esprit peut à lui seul protéger un territoire aussi vaste que cette forêt. Comment son influence par-delà la mort lui permet de lutter depuis des siècles et des siècles avec autant d'efficacité.

— Quelle importance ! trancha Sylnor, agacée. En cherchant à en savoir trop, ne risques-tu pas de te faire piéger. Imagine que Ravenstein se libère et cherche à se venger ?

— Hum, tu es bien comme ton père, toi ! Toujours à voir le côté négatif ! gronda le vieux drow. Mais imagine au contraire que j'arrive à le contraindre de protéger Rhasgarrok comme il protégeait Laltharils. Imagine un peu la gloire qui rejaillirait sur toi ! Souveraine invincible d'une cité intouchable…

— Je suis déjà invincible ! rétorqua Sylnor en levant les yeux au ciel.

Le nécromancien ne put s'empêcher de glousser en marmonnant entre ses dents.

— Que dis-tu ? fit la jeune fille, vexée.

— Oh, rien de très important… je parlais juste de la mauvaise nouvelle.

— Quelle mauvaise nouvelle ? s'emporta Sylnor, à deux doigts d'empoigner le frêle vieillard qui déambulait sous ses yeux pour le secouer.

— En me rendant dans la tour des Sages pour neutraliser Ravenstein, j'ai découvert qu'il n'était pas seul à protéger la forêt.

— Hein ? Comment ça ? s'étrangla l'adolescente, livide.

— Eh oui! ce que nous ignorions, c'est qu'à sa mort ce maudit Hérildur n'a pas rejoint la cohorte d'anges du royaume des dieux. Il a voulu faire du zèle en se liant avec l'esprit de Ravenstein. C'est même à cause de leur union que les dragons de Zélathory n'ont pu brûler la forêt et à cause d'elle également que toutes les guerrières de l'ancienne matriarche sont mortes. Ensemble, Ravenstein et Hérildur rendaient Laltharils indestructible.

— Et maintenant que l'esprit d'Hérildur se retrouve tout seul?

Askorias haussa les épaules.

— Ça, ce n'est plus mon problème! s'esclaffa-t-il en se frottant les mains. Tu m'as demandé de m'occuper de Ravenstein, je t'ai obéi. Maintenant, débrouille-toi toute seule!

Folle de rage, Sylnor saisit brusquement son aïeul par les épaules, quelque peu étonnée de le sentir aussi léger, et le fixa avec intensité.

— Comment ça, débrouille-toi toute seule? Je croyais que nous formions une équipe!

— Une équipe? Tu parles! Je voulais juste emprisonner l'esprit le plus puissant que je connaisse dans ce citrex afin de pouvoir un jour le plier à ma volonté.

Les yeux de Sylnor s'étrécirent telles deux lames de glace.

— Tu t'es servi de moi, si je comprends bien!

— Ne dramatise pas ! Tu avais besoin de mes services et, moi, j'avais besoin de l'aide de la déesse pour me rendre au cœur du palais des Brumes. Disons que nous nous sommes mutuellement rendu service. Nous sommes quittes, désormais.

— Absolument pas ! gronda Sylnor en le soulevant brusquement par le col. Si mes troupes se heurtent à l'esprit d'Hérildur et que la forêt reste inaccessible, qui deviendra la risée de tout le monde ?

— Hérildur doit être un esprit puissant certes, mais son aura est ridicule en comparaison de celle de Ravenstein. Je suis certain qu'il ne pourra rien contre ton armée. Maintenant, mon enfant, repose-moi immédiatement sur le sol avant que je ne me mette en colère.

Mais le vieux drow, affaibli par ses allées et venues au royaume des morts, ne faisait pas le poids devant la protégée de la déesse. Avant qu'il ait eu le temps de reprendre son souffle, huit énormes pattes noires et velues firent violemment voler en éclat la robe de cérémonie de Sylnor. Deux chélicères suintantes de venin s'approchèrent de la face blafarde du nécromancien déformée par l'effroi.

— Ne m'appelle plus jamais mon enfant ! gronda l'araignée géante en insistant sur chaque syllabe. Peut-être qu'au royaume des morts tu peux faire ton malin, mais ici tu n'es rien du tout, à peine un moucheron que je peux faire éclater entre mes pattes. Aussi, tu vas immédiatement me donner ton fameux citrex!

— Non… non, je t'en prie, tout sauf ça!

Une des pattes de l'araignée, aiguisée comme un rasoir, déchira d'un coup précis la poche de la tunique du nécromancien. Une traînée écarlate apparut sur la peau noire et fripée du drow pendant que le citrex tombait vers le sol en tourbillonnant. Une patte aussi rapide qu'un éclair rattrapa l'artefact juste avant qu'il n'explose en mille morceaux. L'araignée éclata de rire et lâcha Askorias, blême de terreur, qui retomba à terre comme une poupée de chiffon.

— Apparemment, tu tiens beaucoup à ce petit objet, fit le monstre arachnéen en jouant avec le citrex de ses pattes agiles. Si tu veux le récupérer, il va te falloir retourner dans ce palais des Brumes et régler son compte à Hérildur une bonne fois pour toutes. Il est hors de question que je prenne le risque d'échouer aux portes de la forêt. Tu as compris?

Le nécromancien, avachi sur le sol, suffoquait.

— Je n'ai pas bien entendu! insista la grande prêtresse, froidement.

— C'est… c'est bon. Je retournerai là-bas… Tu peux compter sur moi.

— Très bien. Puisque tu as mis cinq jours pour trouver Ravenstein, je te laisse le même délai pour t'occuper de mon grand-père maternel. Cinq jours et pas un de plus. Après quoi je ferai disparaître le citrex et son contenu. Cela m'étonnerait que l'esprit résiste longtemps aux flots de lave ardente qui coulent sous notre cité.

— Non… non, je t'en conjure! Ne fais pas ça! La fureur de l'esprit libéré serait plus dévastatrice que tout. Elle pourrait anéantir la ville entière!

Mais l'arachnide ne lui prêta aucune attention. Sylnor réintégra son corps d'adolescente, réunit ses lambeaux de vêtements autour d'elle et quitta la pièce, la tête haute. Dans sa main brillait l'étrange artefact contenant l'esprit de la forêt.

4

Le soleil était déjà haut dans le ciel lorsque Luna se réveilla. Dans sa chambre baignée de lumière, elle s'étira avec nonchalance en songeant avec plaisir aux festivités de la veille. Elle ferma les yeux, sourit et offrit son visage aux doux rayons du soleil. Soudain son entrevue nocturne avec Hérildur s'imposa à elle avec la violence d'une gifle.

Ravenstein avait disparu. Son esprit ne protégeait plus la forêt. Tout cela à cause de Sylnor. De matrone Sylnor !

Luna rouvrit les yeux et, comme sous l'effet d'un ressort, se redressa brusquement sur son lit. Une sensation de vertige s'empara d'elle. Sa tête se mit à tourner et ses tempes à bourdonner. Pourtant, plus qu'un véritable malaise, c'était bien l'angoisse qui l'étourdissait ainsi. Hérildur voulait qu'elle parle de Sylnor à

Ambrethil. Mais comment? Comment révéler ce secret qu'elle gardait au fond de son âme depuis presque trois ans? Déjà, cette nuit, cette idée lui avait donné des sueurs froides, mais là, ce matin, elle lui semblait carrément irréalisable.

Un sentiment de culpabilité la submergea. L'adolescente cacha ses yeux dans ses paumes, complètement désemparée. Hérildur comptait sur elle. Elle ne pouvait prendre le risque de le décevoir, et la situation était trop grave pour qu'elle se dérobe.

N'ayant pas d'autre choix, Luna rassembla les maigres bribes de courage qui lui restaient encore, se leva lentement et d'un pas hésitant marcha jusqu'à son armoire. Elle enfila une tenue au hasard, sans prendre garde à coordonner les couleurs de sa tunique et de son pantalon. Comme un automate, elle quitta sa chambre pour se rendre dans celle de sa mère.

Plus tard, elle ne se souviendrait même plus d'avoir effectué le trajet, tant l'angoisse la rongeait en profondeur. Lorsqu'elle parvint devant les gardes en faction devant les hautes portes des appartements royaux, elle semblait si hagarde que les soldats la laissèrent passer sans lui poser la moindre question. Ce ne fut qu'une fois dans le vestibule que Luna sortit enfin de sa torpeur.

— Maman! appela-t-elle à la cantonade.

— Je suis sous la tonnelle, ma chérie, répondit Ambrethil. Viens me rejoindre!

L'adolescente gagna sans tarder le salon qui s'ouvrait sur une terrasse orientée à l'est où la reine avait l'habitude de prendre son petit-déjeuner. Ambrethil était confortablement installée à table, en train de piocher dans une corbeille de fruits mûrs à souhait.

— Tu es bien matinale, dis donc! s'écria joyeusement la reine.

Mais, lorsque les yeux d'Ambrethil rencontrèrent ceux de sa fille, elle comprit immédiatement:

— On dirait que quelque chose te tracasse. Allez, assieds-toi et raconte-moi tout.

Luna, qui sentait ses jambes se dérober, se laissa tomber sur la chaise. Son cœur tambourinait si fort qu'elle crut qu'il allait bientôt jaillir de sa poitrine.

— Que se passe-t-il, mon ange? demanda Ambrethil avec douceur, pensant qu'il s'agissait certainement d'un petit tracas propre à l'adolescence.

— J'ai reçu la visite de grand-père, cette nuit, hésita Luna qui ne savait pas trop par quoi commencer. Il m'a annoncé une très mauvaise nouvelle, non, en fait… deux terribles nouvelles.

La reine perdit d'un coup ses couleurs. Son beau sourire s'effaça.

— Que s'est-il passé ? murmura-t-elle.

Luna détourna son regard et laissa s'exhaler un profond soupir. Elle sentait ses forces l'abandonner. Aurait-elle le courage de tout révéler à sa mère ? Elle regretta soudain de n'avoir pas préparé ses mots. Cela lui aurait peut-être un peu facilité la tâche.

Sentant la détresse de sa fille, Ambrethil lui prit les mains et les serra dans les siennes pour l'encourager. Luna prit une grande inspiration et se lança.

— Avant toute chose, il faut que je te dise quelque chose que j'aurai dû te dire il y a presque trois ans. Sur le coup, j'ai jugé préférable de garder le silence et de faire comme si je n'étais au courant de rien. Mais, maintenant, je crois que le temps est venu de tout t'avouer.

Ambrethil ouvrit des yeux ronds et sentit son rythme cardiaque s'accélérer. Une onde d'inquiétude la traversa comme un courant d'air glacé.

— Voilà, maman, je suis au courant de l'existence de Sylnor.

La reine lâcha brusquement les mains de sa fille et vacilla. La nouvelle, comme une bombe, explosa dans son esprit. Elle porta ses mains à ses joues pour cacher sa propre honte.

— Oh, par Eilistraée, Luna! Je… j'aurais dû te dire que tu avais une sœur cadette, mais… mais je n'ai jamais pu. Sylnor – oh, rien que de prononcer son nom me met au supplice – ta sœur fait partie des souvenirs pénibles que j'ai laissés à Rhasgarrok et que je tente d'oublier jour après jour depuis mon retour ici. Oh, Luna, si tu savais comme je regrette que tu l'aies appris par le biais de ton grand-père…

Mais, en prononçant ces mots, Ambrethil sursauta :

— Eh, mais, attends une minute! Je n'avais jamais parlé de ta sœur à Hérildur !

— En effet, grand-père n'était pas au courant. Maintenant il l'est.

Ambrethil passa une main tremblante sur son front comme pour masquer son trouble.

— Et toi, comment as-tu su ?

— Tu te souviens lorsque Assyléa, alors envoyée par matrone Zesstra, m'a piégée et envoyée de force à Rhasgarrok?

La reine hocha la tête.

— C'est à ce moment que j'ai fait sa connaissance.

Cette révélation fut un nouveau choc pour Ambrethil.

— Tu… tu l'as rencontrée? balbutia-t-elle, livide.

— Oui. Matrone Zesstra savait que nous étions les filles d'Elkantar. Apparemment, il existait une ancienne prophétie qui nous liait toutes les deux à son destin. C'est pour cela qu'elle nous a envoyées dans l'antre de Lloth. Elle espérait que nous lui apporterions l'immortalité. Mais cela ne s'est pas vraiment déroulé selon ses plans.

— Comment est-elle?

— Qui? Matrone Zesstra?

— Non, ta sœur!

— Heu… eh bien, elle me ressemble beaucoup. Nous avons les mêmes cheveux et les mêmes yeux, mais sa peau est noire.

— Raconte-moi tout! Comment vous êtes-vous entendues? Et que lui est-il arrivé? Pourquoi ne l'as-tu pas ramenée ici avec toi? Est-ce que la déesse lui a fait du mal? Est-elle toujours en vie?

— Attends, pas si vite! s'écria Luna, mettant un frein à l'empressement de sa mère. En fait, Sylnor n'était qu'une novice, mais l'enseignement de la déesse était déjà profondément ancré dans son âme. Dès que nous nous sommes retrouvées dans la tour de la déesse araignée, elle a cherché à me tuer. C'était pour elle une véritable obsession. Elle s'est même alliée à Lloth pour me tendre un piège mortel. Maman, ce que je vais te dire va sûrement te faire souffrir, mais Sylnor est une vraie drow, pervertie par des années de rituels sanglants. Cruelle et sadique, elle éprouve une haine viscérale pour les elfes de lune. J'ai tout tenté pour la sauver, je te le jure, mais elle me déteste, et toi aussi.

— Oh, par tous les dieux, c'est encore pire que ce que je croyais !

— C'est pour cette raison que, une fois revenue du royaume des dieux, j'ai gardé le secret. Seule Assyléa est au courant de l'existence de Sylnor ; elle était présente lorsque ma sœur a fait son apparition dans la chapelle privée de matrone Zesstra. J'ai longtemps hésité à t'en parler, mais je… je me suis dit que tu préférerais n'avoir aucune nouvelle de Sylnor plutôt que de savoir qu'elle est devenue un monstre. Je ne voulais pas que tu souffres à cause d'elle. Crois-moi, elle ne le mérite pas.

Les yeux pleins de larmes, Ambrethil secoua la tête.

— Je la revois encore comme si c'était hier. Si petite dans mes bras, si fragile, si belle ! Le destin t'avait déjà arrachée à moi ; je ne voulais pas perdre ma seconde fille. Mais Elkantar a fait fi de mes supplices. Cela faisait des années qu'il voulait une fille pour la livrer au clergé de Lloth et apaiser ainsi la colère de matrone Zesstra à son égard. Lorsqu'il m'a arraché mon bébé, ma vie s'est à nouveau effondrée. J'ai pleuré des semaines entières. Et il n'y a pas une journée où je ne pense pas à elle, où je ne prie pas pour qu'elle soit heureuse…

Sa voix se brisa. La reine écrasa une larme sur sa joue pâle avant de poursuivre :

— Tu sais, toutes les nuits j'essaie d'entrer en contact avec son esprit. Je me dis que le lien qui nous unissait autrefois n'est peut-être pas rompu et que, si je lui dis tout mon amour, si je lui fais part de toute ma détresse, elle saura que je l'aime plus que tout. Quoi qu'elle soit devenue aujourd'hui…

Luna décida que le moment était arrivé. Elle savait que sa mère ne s'en remettrait probablement jamais, mais elle devait savoir.

— Cette nuit, grand-père m'a donné des nouvelles de Sylnor…

— Elle est morte ? s'écria Ambrethil, terrifiée. Son esprit a rejoint celui d'Hérildur, c'est ça ?

— Non, c'est encore pire, je crois. Ta fille cadette porte aujourd'hui le titre de matrone Sylnor, et c'est elle qui dirige Rhasgarrok depuis déjà deux ans !

Ambrethil cessa de respirer. Son visage figé reflétait toute l'horreur qui lui retournait l'âme. Son bébé était devenu la grande prêtresse de Lloth, la favorite de la déesse araignée ! Non, c'était impossible! C'était un cauchemar et elle allait se réveiller!

— En fait, poursuivit Luna, Hérildur m'a appris que matrone Zélathory a été assassinée par Sarkor, et c'est ma sœur que la déesse a choisie pour lui succéder. Mais cela ne m'étonne pas, j'ai toujours su qu'une complicité malsaine unissait Sylnor et Lloth.

— Sarkor…? répéta la reine.

— Oui, d'après grand-père, Sarkor était en exil à Rhasgarrok pour accomplir une vengeance personnelle. Tu sais de quoi il s'agissait?

Ambrethil baissa la tête, envahie de remords. Oui, elle savait. Elle savait quel horrible drame avait poussé son beau-frère à tuer la matriarche de ses propres mains. Elle se leva lentement et fit quelques pas jusqu'à la balustrade de la terrasse. Luna l'imita. La vue sur la forêt était splendide, mais les deux elfes n'y prêtèrent guère attention.

— Je crois que le temps est venu de tout nous dire, ma chérie. Les secrets, même s'ils nous semblent la meilleure solution sur le moment, se révèlent finalement pires que du poison. Peu à peu, ils s'insinuent en nous, nous emplissent de remords et nous hantent sans relâche, nuit et jour. Tu as eu beaucoup de courage en m'avouant toute la vérité à propos de ta sœur. À mon tour, j'ai une confession à te faire.

— À propos de Sarkor ?

— Exactement. Cela va sans doute beaucoup te peiner, mais tu as le droit de savoir.

— Savoir quoi ?

— Hérildur n'a pas succombé au mal qui le rongeait. Il a été assassiné.

— Assassiné ? s'écria Luna en écarquillant les yeux. Mais pourquoi ne m'a-t-il rien dit ?

— Sûrement parce qu'il savait que cela te blesserait. C'est ton cousin, Halfar, qui a poignardé ton grand-père.

Luna étouffa un cri dans le creux de ses mains, envahie par le chagrin. Ambrethil crut bon d'ajouter :

— Pendant que tu étais partie à la recherche de la fleur de sang, Halfar est revenu à Laltharils pour tenter d'échapper à l'influence de Lloth et reprendre une vie normale. Mais, lorsqu'il a vu Hérildur, la pression a été trop forte. Sa main a succombé à l'imprécation de matrone Zélathory et il a commis l'irréparable, sous nos yeux horrifiés. Tout s'est passé si vite que ni Sarkor ni moi n'avons eu le temps d'intervenir. Mais ton oncle, fou de douleur, n'a pas hésité une seconde. Il a tué son propre fils.

Un silence écrasant suivit cet aveu. Les minutes s'égrenèrent, lentes et lourdes.

Au bout d'un moment, Ambrethil reprit :

— Rempli de honte, de remords et de haine, Sarkor a préféré l'exil à la mort. Seuls Darkhan et moi sommes au courant de tous ces détails sordides.

Luna était effarée. Elle qui avait toujours cru que son oncle avait quitté la ville pour s'éloigner d'Edryss à cause d'une histoire d'amour impossible ! Elle était bien loin de la vérité. En même temps, elle s'en voulait terriblement. Si elle était restée à Laltharils, peut-être aurait-elle pu empêcher toute cette tragédie de se produire. Un immense sentiment de gâchis comprima sa poitrine.

— Ce que nous ignorions, continua Ambrethil, c'était que Sarkor avait l'intention de se venger en tuant sa sœur. Car matrone Zélathory était sa sœur, tu le savais, n'est-ce pas ?

— Oui, j'étais au courant… confirma Luna d'une petite voix. Décidément, nous avons de drôles de sœurs, lui et moi.

Ambrethil approuva d'un hochement de la tête.

La mère et la fille, le regard perdu vers les cimes ensoleillées, restèrent un long moment à digérer ces douloureuses confidences, heureuses de s'être tout dit, mais éprouvées par ces lourds secrets.

— Dis, maman, murmura finalement Luna, tu ne m'en veux pas? Je veux dire... pour Sylnor?

— Bien sûr que non, mon ange. C'était à moi de t'en parler la première. Je n'ai jamais trouvé la force de le faire; il était donc normal que tu ne saches pas comment agir. Le choc est rude, je ne te le cache pas, mais au moins, maintenant, je sais. Et puis, ce serait un peu mal venu de ma part de te faire la morale, non?

— C'est vrai, fit Luna en esquissant un sourire. Mais tu ne regrettes pas que je ne t'aie pas prévenue plus tôt afin que nous tentions de soustraire ma sœur à l'emprise de Lloth?

Ambrethil se tourna vers Luna et lui prit les épaules.

— Ne te reproche rien, ma fille. Je connais les prêtresses de Lloth et les horreurs qu'elles commettent. Ton père, qui avait souvent à faire avec elles, me racontait parfois ce qui se passait derrière les murs du monastère. Ces femmes, perverses et sadiques, inculquent les pires préceptes à leurs novices. Pas étonnant que Sylnor ait été pervertie. Après tout, tu as bien fait de ne pas intervenir, car c'était peut-être son destin de devenir la matriarche de

Rhasgarrok. Son destin… et une chance pour nous?

— Comment ça? sursauta Luna en dévisageant sa mère avec incrédulité.

— Eh bien, si j'arrive à la rencontrer, à lui parler, je suis sûre que j'arriverai à la convaincre de…

— De quoi, maman? s'écria l'adolescente, abasourdie. La convaincre de quoi? Elle nous hait plus que tout. Son unique souhait, c'est de détruire Laltharils!

— Non, ça, c'était le rêve des précédentes grandes prêtresses, mais je suis certaine que ta sœur est différente. Du sang elfe de lune coule dans ses veines, ne l'oublie pas!

— Justement! l'invectiva Luna, hors d'elle. Sylnor a une raison personnelle de chercher à nous détruire: elle veut exterminer la race dont le sang la souille. Elle se sent humiliée de posséder du sang d'argenté.

Ambrethil encaissa le coup sans broncher, mais Luna n'avait pas terminé:

— Par contre, tu as raison sur un point. Sylnor est différente. Mais différente dans le mauvais sens. Elle est cent fois pire que toutes les autres matrones réunies. Et, quand je dis qu'elle va anéantir Laltharils, ce ne sont pas des paroles en l'air, maman. Sylnor a déjà commencé son œuvre démoniaque!

Déroutée, Ambrethil se mit à trembler. Elle aurait voulu objecter quelque chose, mais Luna ne la laissa pas finir :

— Maman, ce qu'Hérildur est venu me dire cette nuit, c'est que l'esprit de Ravenstein a disparu. Seul, grand-père n'est pas assez puissant pour protéger la forêt. Il m'a promis de trouver un moyen de nous aider, mais, si les troupes drows passent à l'attaque maintenant, nous ne pourrons pas les empêcher d'entrer dans notre territoire sacré.

Cette nouvelle fut le coup de grâce. Ambrethil tituba et s'agrippa à la balustrade en suffoquant. Luna lui agrippa le bras, mais la reine se dégagea, le visage ravagé par la peine.

— Tu crois que ta sœur est derrière tout cela ?

— Sans aucun doute. Sylnor est remarquablement intelligente. Elle savait qu'elle devait d'abord régler son compte à Ravenstein avant de penser à toute invasion. Hérildur soupçonne d'ores et déjà un puissant nécromancien d'être responsable de la disparition de Ravenstein. Tu le connais peut-être… Il s'appelle Askorias And'Thriel.

Ambrethil ferma les yeux, plus pâle que jamais.

— Oui, je connais cet homme, murmura-t-elle comme pour elle-même. C'est le père d'Elkantar. Ton grand-père paternel, et donc celui de… de Sylnor.

En prenant une grande inspiration, la reine rouvrit les yeux. Elle se redressa et fixa sa fille avec intensité. Une détermination nouvelle se lisait dans son regard clair. Lorsqu'elle reprit la parole, sa voix était plus ferme et déterminée que jamais :

— Tu as raison, Luna. Ta sœur est devenue un monstre. Si c'est elle qui a anéanti Ravenstein, nous devons nous préparer au pire. Je crois que nous n'avons pas une minute à perdre.

5

Les jours qui suivirent cette conversation furent les plus intenses de toute l'histoire de Laltharils.

D'abord, Ambrethil convoqua sans attendre le Conseil de l'Union elfique pour avertir ses amis du drame qui venait de se produire et des conséquences auxquelles il fallait s'attendre. La nouvelle secoua chacun des membres du Conseil. À la consternation générale succédèrent l'angoisse, puis la peur, mais finalement la colère l'emporta. La menace potentielle d'une invasion drow fut immédiatement prise très au sérieux. Les quatre souverains et leurs conseillers tombèrent d'accord pour lutter coûte que coûte contre l'envahisseur. Il était hors de question de rester les bras croisés à attendre que les troupes de matrone Sylnor débarquent. Les elfes n'abandonneraient pas leur cité sans combattre.

La réunion extraordinaire dura jusqu'au soir. Chacun décrivit les forces dont il pouvait disposer, tant en guerriers qu'en mages, et exposa les différentes tactiques de guerre qu'il savait possibles pour surprendre l'ennemi avant qu'il n'atteigne Laltharils. Car c'était bien là le cœur du problème. La ville des quatre communautés elfiques n'avait rien d'une forteresse. Avec ses quatre quartiers disposés de chaque côté du lac, elle ne possédait ni murailles, ni tours, ni donjons protecteurs dans lesquels se réfugier. Laltharils était une cité sylvestre construite en symbiose avec la nature, conçue pour vivre en paix et en harmonie avec la forêt. Il fallait donc la protéger en amont et tendre des embuscades aux troupes de Lloth afin de les empêcher à tout prix d'atteindre le lac.

Lorsqu'ils se quittèrent, tard dans la nuit, les neuf conseillers s'étaient mis d'accord sur les grandes lignes de leur stratégie de défense. Tous savaient que la journée du lendemain serait l'une des plus longues de leur vie.

Dès l'aube, les dirigeants des quatre districts de Laltharils réunirent leurs concitoyens pour leur exposer la menace qui planait sur eux et les solutions envisagées.

Sans tarder, des sentinelles furent désignées pour aller espionner la plaine d'Ank'Rok et guetter la moindre activité suspecte.

Des chefs de guerre furent nommés, avec la lourde mission de mettre sur pied une armée efficace. À la force des soldats et à la précision des archers s'ajouterait la magie destructrice des sorciers. Mais rien ne valait l'entraînement et, malheureusement, le temps leur était compté.

Enfin, des dispositions furent prises concernant ceux qui ne combattraient pas, c'est-à-dire les jeunes mères et leurs enfants, ainsi que les elfes les plus âgés. Si les combats tournaient mal, ils iraient se mettre à l'abri à Eilis, le quartier des elfes noirs. Creusé dans la roche sous le sol, il pouvait accueillir une partie de la population et leur permettrait de tenir plusieurs semaines en cas de siège. Il disposait en effet d'un accès illimité à l'eau du lac et de plusieurs issues de secours débouchant dans la forêt. Il faudrait simplement réunir des vivres en quantité suffisante, boucher les nombreux vitraux qui perçaient la façade et prévoir un système pour dissimuler efficacement les massives portes en argent qui barraient l'entrée. Un sortilège d'illusion complexe ferait probablement l'affaire.

Une fois tous les rôles répartis, chacun s'affaira de son mieux. Dès le milieu de l'après-midi, les sentinelles qui avaient préparé leur monture et leurs sacs s'élancèrent vers le nord. Par mesure de sécurité, quelques avariels s'envolèrent vers l'est pour surveiller les environs de Rochebonne et vers l'ouest pour scruter la forêt d'Anthorn et la côte. On n'était jamais trop prudent.

De leur côté, les généraux appelèrent les volontaires à se joindre aux militaires. Comme chacun se sentait directement concerné, les civils furent nombreux à répondre à l'appel. On organisa des épreuves afin de déterminer la meilleure place de chacun au sein des unités d'élite en fonction de leurs aptitudes. Tous les elfes, quels que soient leur sexe, leur position sociale ou leur couleur de peau, se plièrent aux tests et donnèrent le meilleur d'eux-mêmes. En début de soirée, on comptait une vingtaine d'escadrons qui partiraient au moment opportun pour s'embusquer dans les contreforts des montagnes Rousses en différents points stratégiques, une dizaine de troupes qui se posteraient dans des camps de base répartis dans la forêt comme un ultime rempart contre l'invasion de la cité, et enfin quelques unités qui assureraient le repli vers Eilis et protégeraient la population.

Les artisans ne furent pas en reste. Les forges, longtemps restées au repos, se remirent en fonction avec une intensité nouvelle. Les marteaux frappant le métal chauffé à blanc tintèrent un peu partout dans la cité. Réparer le matériel existant, affûter les lames, renforcer les boucliers et fabriquer des pointes de flèches et de carreaux d'arbalètes étaient leurs priorités.

Quant aux femmes, elles ne restèrent pas inactives. Sous la houlette de Luna, elles s'organisèrent en deux groupes. Les plus anciennes recenseraient les vivres des quatre quartiers de la ville, pendant que les autres, aidées de leur progéniture, s'occuperaient à des cueillettes massives pour récolter les dernières pommes des vergers et tout ce que la forêt comptait de mûres, framboises, champignons, noisettes et autres denrées comestibles.

En fin d'après-midi, Luna qui avait passé sa journée à faire des allers et retours entre la forêt et Eilis profita d'une pause pour s'éclipser discrètement. Elle avait deux autres missions à accomplir, des choses que personne d'autre ne pouvait faire à sa place et dont elle aurait dû s'acquitter dès l'annonce du drame, mais elle n'avait hélas! pas eu deux minutes de répit pour le faire.

La jeune fille fila en direction de la tanière d'Elbion. Elle y trouva le couple en train de surveiller les louveteaux qui profitaient de la fraîcheur de la rivière pour s'ébrouer avec force cris et jappements de plaisir.

Elbion qui avait senti l'odeur de Luna depuis longtemps comprit, dès qu'il la vit, que les nouvelles étaient mauvaises. Il fit signe à Scylla de rester auprès des petits et courut au-devant de sa sœur.

— Oh, Elbion, que je suis contente de te trouver là ! s'écria-t-elle en tombant à genoux, épuisée par sa course effrénée. Il faut absolument que je te parle.

— C'est au sujet de la forêt ? devina le grand loup en s'asseyant à côté d'elle.

Luna approuva d'un hochement de tête.

— Tu avais raison, lorsque tu disais qu'elle ne chantait plus. L'esprit de Ravenstein a disparu et la forêt n'est plus sous sa protection. C'est Hérildur qui m'a prévenue en rêve. Toute la ville est sur le pied de guerre.

Le loup encaissa la nouvelle sans ciller.

— Vous vous attendez à ce que les drows envahissent Laltharils ?

— Exactement. Nous ignorons encore à quel moment l'attaque se produira, mais nous n'avons pas tardé à nous préparer. Nous savons notre ennemi redoutable et sans pitié. Nos troupes se battront jusqu'au bout pour protéger la ville, mais nous savons pertinemment que, si nous échouons, les drows ne se contenteront pas de détruire uniquement Laltharils. Ils brûleront sûrement toute la forêt comme ils ont ravagé la forteresse d'Aman'Thyr et les villages humains de la côte. De Ravenstein, il ne restera que des cendres.

— Hérildur ne peut rien pour la forêt ?

— Il va tout faire pour nous aider, mais ses pouvoirs sont ridicules, comparés à ceux de Ravenstein.

Le loup tourna son regard et contempla les cimes bercées par la brise. Il se sentait soudain si vieux, si las, tellement impuissant aussi ! Comment empêcher l'inéluctable de se produire ? Luna avait raison. Sans l'aura magique de l'esprit de Ravenstein, il n'existait aucun moyen de se préserver de la sauvagerie des drows. Les crimes qu'ils commettraient bientôt là seraient sans précédent dans l'histoire, pourtant sanglante, des guerres elfiques. Elbion pensa à sa famille, à sa compagne qu'il avait mis tant d'années à trouver, à ses petits encore si jeunes et innocents, et il sentit une vague de désespoir l'envahir. Pourtant, quand il reprit la parole, il s'efforça de rester impassible :

— Qu'attends-tu de moi ?

— Que tu préviennes toutes les meutes de loups ainsi que les autres espèces animales.

— Ne t'en fais pas. Si la situation l'exige, tous les animaux seront prêts à quitter les lieux. Tu peux compter sur moi.

— Merci, Elbion! s'exclama Luna en refermant ses bras autour du cou de son frère. Tu es merveilleux.

Le loup apprécia le geste d'affection et huma profondément la chevelure de l'adolescente. Ils restèrent un moment ainsi lovés, à savourer le contact de l'autre et à y puiser la force nécessaire pour affronter les temps difficiles qui s'annonçaient.

Puis, Elbion, saisi d'une angoisse nouvelle, demanda dans un souffle:

— Quel sera ton rôle, dans cette guerre?

— Je ne le sais pas encore, fit-elle en haussant les épaules. J'ai passé ces deux derniers jours en compagnie des femmes et des enfants à récolter de quoi tenir en cas de siège, mais, lorsque l'ennemi sera à nos portes, j'ignore encore quelles seront mes fonctions. Je crains que mon pouvoir ne soit d'aucune utilité contre un aussi grand nombre d'assaillants. Et, comme je ne sais pas me battre, je t'avoue que je me sens bien inutile...

— Je suppose que Darkhan, Thyl, Kendhal et Platzeck vont diriger des escadrons.

— Tout comme Edryss.

— Et ta mère?

— Elle restera à Laltharils avec Cyrielle pour accueillir les blessés et annoncer le repli vers Eilis.

— Eh bien, tu n'auras qu'à rester auprès d'elles, déclara Elbion en cachant son soulagement.

Luna soupira. Cette perspective ne la réjouissait guère.

— Je préférerais combattre aux côtés de Kendhal. Mais tu as sans doute raison, ma place est aux côtés de ma mère. Ainsi, je pourrai la protéger ; si les drows parviennent jusqu'ici, il est certain qu'ils chercheront à l'assassiner. En tout cas, Elbion, fais-moi une promesse.

— Quoi ?

— Si les choses tournent mal, ne cherche pas à me venir en aide ! Surtout pas ! Je veux que tu t'enfuies loin, très loin d'ici, avec Scylla et les bébés.

Luna attendait une réponse, mais seul le silence fit écho à sa requête.

— Elbion, tu m'as entendue ?

— Oui, mais je ne peux pas te promettre une telle chose. Tu sais, les loups ne fonctionnent pas comme les elfes. Nous ne planifions pas notre vie. C'est notre instinct qui nous guide. Je mettrai ma famille à l'abri, sois-en sûre, mais, si mon instinct me crie que tu es en danger, que tu le veuilles ou non, je serai à tes côtés. Peu m'importe de mourir si c'est pour te sauver.

Les yeux de l'adolescente s'embuèrent. Une boule se forma dans sa gorge l'empêchant d'avaler. Lorsqu'elle reprit la parole, sa voix tremblait :

— Tu m'avais déjà dit cela lorsque nous nous sommes retrouvés dans la rivière près de Croix-Blanche, après ton audacieux plongeon. Tu te souviens ?

— Oui. Et je me souviens également qu'à l'époque tu avais peur que je t'abandonne lorsque j'aurais fondé une famille. Mais tu vois, les liens qui nous unissent sont plus forts que tout. Tu as beau aimer Kendhal et moi, Scylla, rien ne nous séparera jamais, ma Luna !

Submergée par l'émotion, l'adolescente enfouit son visage dans la fourrure ivoire de son frère pour y cacher ses larmes. Ce qu'elle éprouvait pour le loup dépassait tous les mots du monde. Seul le silence était assez intense pour exprimer la force de ses sentiments.

Lorsqu'ils se séparèrent enfin, le jour déclinait.

— Dis, j'ai un dernier service à te demander, fit l'adolescente. Je dois me rendre chez le Marécageux. Peux-tu m'emmener jusqu'à sa cabane, comme au bon vieux temps ?

La gueule d'Elbion se fendit d'un large sourire.

Le trajet à dos de loup fut de courte durée et la clairière qui abritait le vieux chêne où avait élu domicile l'ancien mentor de Luna ne tarda pas à apparaître. La jeune fille bondit et embrassa son frère une dernière fois.

— Prends soin des tiens, murmura-t-elle à son oreille.

— À bientôt! répondit-il, les yeux brillants.

Luna le regarda disparaître derrière un fourré et pivota pour frapper à la porte du vieil elfe sylvestre qui l'avait vue grandir. Sans attendre de réponse, elle pénétra dans la maisonnette.

Comme à son habitude, le Marécageux fut ravi de la voir, d'autant plus que cela faisait un moment que Luna ne lui avait pas rendu visite.

— Ma pistounette! s'écria-t-il en ouvrant ses bras décharnés. Quelle belle jeune fille tu es devenue! Par le Grand Chêne, je m'émerveille chaque fois que je te revois.

Luna, de son côté, ne pouvait en dire autant. Les rhumatismes du Marécageux l'obligeaient à se déplacer avec une canne et la douleur permanente qu'il éprouvait se lisait sur ses traits fatigués. Le cœur de l'adolescente se comprima, mais elle ne dit rien et le serra contre elle.

— Quel bon vent t'amène ? Serais-tu venue partager le repas d'un vieux bougon ? fit le vieil elfe d'un ton joyeux. Ventremou, j'ai justement préparé un de mes ragoûts dont tu raffolais autrefois. Sens-moi ça, un peu !

Mais avant que Luna ait pu répondre, il se ravisa, une ombre de tristesse dans le regard.

— À moins, bien sûr, que tu n'aies des obligations à la cour, ce que je comprendrais parfaitement. Maintenant que ta mère dirige la ville, je me doute que tu dois te plier au protocole, assister à des banquets interminables, écouter de longs discours ennuyeux et tout le tintouin. Bigrevert, ça ne doit pas être drôle tous les jours !

Devant son air dépité, Luna ne put s'empêcher de pouffer de rire.

— Tu ne changeras donc jamais, cornedrouille ! s'écria-t-elle en déposant un baiser sonore sur sa joue fripée. Quel incorrigible bavard tu fais ! Chaque fois c'est pareil, tu parles, tu parles et tu ne m'en laisses pas placer une ! Mais c'est avec plaisir que j'accepte ton invitation. Surtout que je n'ai rien avalé de la journée et que je meurs de faim.

Cette simple phrase eut l'effet d'un baume miraculeux sur le Marécageux, qui lâcha aussitôt sa canne pour atteindre deux écuelles en intimant à sa protégée, qui avait accouru pour l'aider, l'ordre de s'asseoir immédiatement. Luna obéit de bonne grâce et regarda son vieux mentor la servir.

La viande qui avait mijoté pendant des heures dans un bouillon de légumes était fondante et savoureuse à souhait. Même les cuisiniers royaux ne parvenaient pas à égaler le savoir-faire du Marécageux en matière de ragoût. L'adolescente ferma les yeux et se délecta du plat qui avait bercé son enfance. Que de chemin parcouru depuis ! Hélas, le fragile équilibre qu'avait retrouvé Luna en venant vivre à Laltharils menaçait de s'effondrer dans les jours à venir.

Reposant sa cuiller sur la table, elle prit une grande inspiration et entreprit de tout raconter à son ancien protecteur, depuis l'existence de sa sœur devenue matriarche jusqu'à la menace drow, en passant par la disparition mystérieuse de l'esprit de Ravenstein.

À la fin de son récit, la nuit était profondément installée. Le Marécageux qui avait fait l'effort de l'écouter sans l'interrompre une seule fois posa ses coudes sur la table et cacha sa bouche derrière ses mains osseuses. Son trouble était perceptible, son silence, difficile à supporter.

— Il faut que tu viennes avec moi à Laltharils, conclut Luna dans un murmure. Si notre armée échoue à repousser l'ennemi, tu devras te réfugier à Eilis.

— Non.

Luna sursauta et ouvrit de grands yeux surpris.

— Comment ça, non? Mais ce n'était pas un choix, que je te donnais! Tu dois venir avec moi. Il est hors de question que tu restes ici tout seul pendant que des hordes de drows assoiffés de sang mettront la forêt à sac. Je ne veux pas qu'il t'arrive quoi que ce soit!

Le vieil homme se leva péniblement et agrippa le rebord de sa chaise. La détermination froide qui figeait ses traits effraya Luna.

— Je savais que ce moment arriverait, figure-toi. Voilà déjà plusieurs jours que je sentais que la forêt avait changé. Je te jure, ma fripouillote, que j'aimerais t'accompagner à Laltharils et te faire plaisir. Mais mon destin est ailleurs. L'esprit de Ravenstein m'a confié une mission, il y a un an et demi de cela, lorsque tu es rentrée de chez sire Lucanor. Dans le plus grand secret, j'ai commencé à creuser la voie de votre rédemption.

— Hein? Mais qu'est-ce que tu racontes?

— Ravenstein devait se douter qu'il ne pourrait pas vous protéger éternellement. Il m'a demandé d'œuvrer pour votre survie et j'ai obéi, grâce à mon pouvoir.

Comme Luna ne comprenait manifestement pas, le Marécageux se fit plus explicite :

— Ma faculté de manipuler la roche, de creuser des galeries ! Rappelle-toi, j'étais le gardien des tunnels qui unissaient autrefois les trois cités elfiques des terres du Nord. Grâce à mon don particulier, j'ai presque terminé le souterrain qui vous mènera jusqu'à l'entrée du passage vers Naak'Mur.

— Naak'Mur ? répéta Luna, incrédule. L'esprit de Ravenstein voulait que nous nous réfugiions là-bas ?

— En effet. Et c'est là que ta destinée s'éclaire, n'est-ce pas ?

— Comment ça ?

— Réfléchis, voyons ! Si tu n'étais pas partie chercher la fleur de sang, tu n'aurais jamais rencontré les vampires ni subi la morsure de sire Lucanor. Tu n'aurais donc pas pu parler aux loups et tu n'aurais sans doute jamais vaincu le loup-garou ni trouvé le seul passage qui unit les terres du Nord à la vallée d'Ylhoë. Grâce à toi, une porte de secours existe. En cas de déroute contre les forces drows, seule la forteresse de Naak'Mur pourra abriter les tiens. Là-bas, vous serez en sécurité.

Abasourdie, Luna resta bouche bée. Le Marécageux n'était pas le premier à lui parler de son destin hors norme. Elbion l'avait déjà évoqué avant lui. Mais jamais auparavant les éléments ne s'étaient imbriqués aussi parfaitement les uns dans les autres. Elle était à ce point subjuguée qu'elle ne trouva rien à ajouter.

— Bon, il est tard, ma pistounette ! déclara brusquement le vieil elfe. Comme il est exclu que tu rentres à cette heure indue, je te garde à dormir. Non, non, tu n'as pas ton mot à dire, cornedrouille ! Si tu veux, j'envoie un pigeon à ta mère pour ne pas qu'elle s'inquiète, mais je ne te laisse pas partir toute seule !

Son empressement arracha un sourire à Luna.

— Mais qui t'a dit que je voulais rentrer chez moi ? fit-elle, malicieuse.

Éreintée par cette journée forte en émotion, elle ne tarda guère à s'endormir, confortablement installée dans le lit que le vieil elfe lui avait laissé ; il préférait s'assoupir dans son fauteuil élimé près de la cheminée.

L'adolescente dormait d'un sommeil profond, sans rêves, quand soudain une voix féminine surgie des ténèbres résonna dans son esprit embrumé. Elle crut un instant s'être réveillée, mais elle réalisa vite qu'elle était encore endormie. Elle tendit l'oreille et regarda autour d'elle, vaguement inquiète. L'obscurité était complète, mais Luna sentait une présence à ses côtés. Une présence inconnue, insaisissable comme un souffle d'air.

— Ne crains rien, Sylnodel, reprit la voix sans visage. Je ne te veux aucun mal. Tu ne me connais pas, mais, moi, je te connais depuis longtemps, depuis que tu es toute petite, en fait…

Luna, sceptique, fronça les sourcils.

— Qui êtes-vous? demanda-t-elle sur ses gardes.

— Je suis l'esprit de Wiêryn, la forêt qui t'a vue grandir. Je ne devrais pas être ici, mais il fallait absolument que je te parle, car il se passe des choses très étranges au palais des Brumes. Tu sais déjà que mon vieil ami Ravenstein a disparu…

— Oui, et grand-père m'a promis de nous aider.

— Justement, Sylnodel, Hérildur a disparu à son tour!

Luna sentit son cœur chavirer. Elle s'arrêta de respirer. C'était comme si le monde autour d'elle s'effondrait.

— Tout n'est pas perdu, Sylnodel. Je crois que tu peux encore l'aider!

— Mais… comment? suffoqua l'adolescente.

— En fait, ton grand-père m'avait fait part de ses soupçons concernant un puissant nécromancien.

— Un certain Askorias And'Thriel? se souvint Luna.

— Tu le connais?

— Il semble que ce maléfique personnage ne soit autre que mon grand-père… paternel!

L'esprit ne put retenir un hoquet de stupeur.

— Oh… eh bien, je crains fort qu'il ne soit revenu à Outretombe pour s'en prendre à ton aïeul.

— Oh non, pas ça! s'écria Luna au bord des larmes.

— J'ignore ce que cet Askorias a fait à Ravenstein, car son aura s'est complètement éteinte et cela signifie qu'il n'est plus à Outre-tombe, même si je suis incapable d'expliquer un tel mystère. Par contre, je sens toujours la présence de ton grand-père dans le palais des Brumes. Je pense qu'il est retenu prisonnier quelque part. Or, si Hérildur n'est plus dans sa chambre, il perd toute influence sur le monde des mortels. Il ne pourra rien tenter pour vous aider. Bien entendu, j'aimerais lui venir en aide, mais, hélas, je suis dans l'impossibilité de sortir de ma tour.

L'esprit de Wiêryn fit une pause, espérant peut-être que Luna comprendrait tout seule. Mais, comme l'adolescente restait silencieuse, la voix reprit:

— Tu es la seule à pouvoir faire quelque chose pour lui !

— Mais que voulez-vous que…

— Je veux que tu viennes au palais des Brumes, Sylnodel !

La jeune fille eut l'impression de recevoir un coup de massue sur le crâne.

— Au… palais des Brumes ? Mais je suis vivante, moi ! s'insurgea-t-elle.

— Je sais, Sylnodel. Je sais que tu es mortelle. C'est la raison pour laquelle tu dois trouver un nécromancien. Quelqu'un capable de t'envoyer parmi nous. Et vite !

La voix de Wiêryn s'évapora aussi vite qu'elle était venue, laissant Luna seule dans l'obscurité.

6

À Rhasgarrok, l'excitation était également à son comble. La ville n'avait pas connu pareille exaltation de mémoire de drow. L'idée d'une grande guerre, aussi violente que sanglante, contre les elfes de la surface mettait du baume au cœur de tous les habitants de la cité souterraine. Qu'il soit drow, orque, nain, troll, gobelin ou même urbam, chacun aurait un rôle à jouer dans les batailles à venir. Investis d'une mission divine, tous se sentaient prêts à accomplir mille exploits au mépris de leur propre vie et pour la plus grande gloire de Lloth.

Derrière ce même élan de ferveur mystique et meurtrière se cachait pourtant une frêle adolescente. Qui aurait cru, en voyant cette jeune fille efflanquée qui venait de fêter ses quatorze printemps, que toute la ville était à ses pieds? Car, il fallait bien l'admettre, matrone Sylnor, malgré son jeune âge, était sans conteste la matriarche la plus puissante et la plus respectée qui ait jamais régné sur Rhasgarrok. Sa grande force, c'était que, contrairement aux matrones qui l'avaient précédée, elle était aimée de son peuple, adulée même !

En fait, depuis qu'elle s'était transformée en araignée gigantesque pour mater l'insurrection des adorateurs de Naak, n'hésitant pas à intervenir en personne pour massacrer ses ennemis, maculant ses pattes d'écarlate, matrone Sylnor était l'objet d'une admiration sans bornes de la part des habitants de Rhasgarrok, des drows comme des autres. Personne ne songeait plus à remettre en cause son autorité et encore moins à comploter pour la supprimer. C'était comme si tout le monde avait pris tacitement conscience qu'elle était la seule capable de faire sortir Rhasgarrok de l'ombre.

On en avait pour preuve que, grâce à son intelligence remarquable, la jeune matriarche avait réussi l'exploit incroyable de transformer en quelques mois un amalgame de races hétéroclites qui prônaient l'anarchie et l'individualisme en une société cosmopolite unie autour d'un même rêve : anéantir les elfes de la surface ! Même si l'équilibre était encore fragile, il serait néanmoins suffisant pour accomplir un génocide sans précédent.

Tous les habitants de la ville avaient en effet accueilli l'annonce d'une guerre imminente avec délectation. Les esprits, mus par un désir de revanche légitime, s'étaient immédiatement enfiévrés. Eux, les exclus, les parias, les rebuts dont personne n'avait jamais voulus, allaient enfin montrer à la face du monde qu'ils existaient bel et bien. Ils prouveraient qu'ils étaient plus forts que ces minables qui les méprisaient depuis des millénaires.

Les différentes races qui peuplaient Rhasgarrok s'étaient donc organisées. Des chefs s'étaient spontanément imposés, par la force, le poison ou les pots-de-vin. Une fois leur suprématie acquise, ils avaient formé des escadrons, réparti les rôles, supervisé l'armement et transmis les premières instructions obtenues de la bouche même de leur vénérée grande prêtresse qui leur avait fait l'honneur d'un entretien particulier.

Tous étaient fin prêts, pressés d'en découdre avec l'ennemi, et attendaient l'ordre ultime pour quitter la ville.

Ce qu'ils ignoraient, c'était qu'au cœur du monastère matrone Sylnor se rongeait les sangs, attendant avec une angoisse insoutenable le retour d'Askorias. Il y avait trois jours que son grand-père paternel était retourné dans le royaume des morts et qu'elle était sans aucune nouvelle de lui. Certes, il était encore en vie, puisque son cœur battait toujours dans son vieux corps décharné, allongé dans un lit trop vaste pour lui. Mais le nécromancien tardait à revenir à lui. Matrone Sylnor ignorait toujours si la menace potentielle que représentait Hérildur avait été écartée ou non. Cela faisait trois nuits qu'elle n'en dormait plus.

La capture et la neutralisation de l'esprit de Ravenstein devaient normalement suffire à laisser la forêt sans protection, mais, tant que le doute subsistait, matrone Sylnor préférait attendre.

Le quatrième jour, pourtant, elle dut se rendre à l'évidence. Impossible de faire patienter ses troupes plus longtemps. Tout le monde n'espérait plus que son signal pour se mettre en route et elle savait pertinemment que, si elle tardait à le donner, la cohésion de sa grande armée multiraciale s'évanouirait bientôt. Il était difficile en effet de maintenir dans le calme des troupes d'orques et de gobelins, d'habitude indisciplinées et impulsives, en attendant sagement le moment propice. Retarder son départ d'un jour, ce serait à coup sûr prendre le risque de voir ces bandes d'imbéciles s'entretuer.

Ce serait donc aujourd'hui ou jamais.

Devant sa glace, Sylnor admira son armure argentée. Réalisée sur mesure dans le mithril le plus pur, elle comptait des milliers d'anneaux minuscules qui s'imbriquaient à la perfection les uns dans les autres pour recouvrir l'ensemble de son corps et former un maillage aussi solide que souple. D'une résistance fabuleuse, d'une légèreté incomparable, cette cotte de mailles la protégerait contre n'importe quelle arme. Enchantée par la déesse, cette armure de l'extrême était également prévue pour repousser n'importe quel sort offensif.

La jeune fille enfila par-dessus sa cotte un surcot damassé de soie noire et coiffa son casque avec délectation. Les milliers de rubis qui donnaient vie à l'araignée stylisée ornant le heaume étincelèrent dans l'obscurité. Sylnor laissa dépasser sa longue tresse d'argent et glissa deux cimeterres aiguisés comme des lames de rasoir dans les fourreaux qui pendaient le long de ses cuisses, l'un pour décapiter sa mère, l'autre pour égorger sa sœur. Elle était prête.

Elle fit appeler Ylaïs et Thémys.

— C'est pour aujourd'hui ! annonça-t-elle à la première. Préviens mes porteurs et veille à ce que tous mes drows se tiennent prêts. Avertis également les autres que nous sortirons d'ici dans une heure. Dans le calme et surtout en respectant l'ordre établi !

Si matrone Sylnor ne put retenir une grimace de mépris en évoquant les autres, la première prêtresse ne s'en offusqua pas, au contraire. Elle éprouvait elle-même une aversion difficile à dissimuler pour ces races inférieures qui serviraient bientôt de diversion, pour détourner l'attention de l'ennemi.

— Quant à toi, Thémys, je te charge personnellement de veiller sur le corps d'Askorias. Nous le prenons avec nous et tu ne le quitteras pas un instant. Dès qu'il se réveillera, préviens-moi. Peu importe l'heure et l'endroit.

L'intendante masqua au mieux sa déception. Elle aurait cent fois préféré se battre aux côtés de la matriarche plutôt que de rester auprès de la carcasse de ce moribond. Mais les ordres étaient les ordres et cette mission ne pouvait être exécutée que par une personne de confiance. C'était donc un honneur que lui faisait matrone Sylnor.

Les deux jeunes femmes acquiescèrent sans un mot. Elles s'inclinèrent avec respect et s'éclipsèrent en silence.

Quelques heures plus tard, les portes de Rhasgarrok s'ouvraient, faisant trembler tout le Rhas. Entre les deux vantaux monumentaux défila tout ce que la ville souterraine comptait de guerrières, de soldats, de mercenaires, de mages, d'ensorceleurs, d'archers, d'arbalétriers et même d'assassins. Quelles que fussent leur race et leur spécialité, tous les futurs combattants aspirèrent goulûment l'air frais. Leurs narines frémirent, savourant d'avance l'odeur du sang à venir.

En tête de colonne se trouvaient les troupes drows, impressionnantes d'ordre et de rigueur. Les milliers d'elfes noirs volontaires portaient des capes et des surcots de différentes couleurs en fonction de leur maison, mais toutes leurs armes et leurs armures rutilaient d'un même éclat sous les rayons de la lune.

Au cœur des bataillons d'elfes noirs se trouvait le char de guerre de matrone Sylnor, porté par une trentaine de colosses. L'énorme plateforme surmontée d'un trône en forme d'araignée permettait à la matriarche de dominer la situation. Le regard rivé sur l'horizon, elle savourait ce moment, son cœur vibrant au rythme des tambours de guerre.

En deuxième ligne s'avançaient les bataillons d'orques, menées par des chefs hargneux et colériques. Sur leur cuirasse en croûte de cuir bouilli avaient été peints les signes distinctifs de leur tribu respective. Leur carrure massive, leurs canines proéminentes et leurs armes barbares hérissées de picots métalliques faisaient peur à voir. Ces guerriers qui semblaient n'éprouver aucune peur trépignaient d'impatience en poussant des cris de guerre terrifiants. Leurs tambours, qu'on disait faits de peau humaine, résonnaient déjà dans toute la plaine d'Ank'Rok.

Venait ensuite l'armée des nains renégats, dont le stoïcisme silencieux tranchait avec l'excitation bruyante de leurs voisins. S'ils avaient décidé de vivre à Rhasgarrok, c'était plus par choix que par obligation. Fins négociateurs, cupides et durs en affaires, les nains avaient profité des lois drows, laxistes en matière de contrebande, pour s'approvisionner en denrées illicites et développer un commerce au noir des plus fructueux. Ce peuple, petit par la taille, mais grand par son courage, avait un peu hésité avant de se rallier à cette guerre. Mais, si la cité se vidait de ses occupants, à quoi bon rester? Ils avaient donc affûté leurs haches, tressé leurs longues moustaches et revêtu leur belle cotte ouvragée, déterminés à profiter de la mêlée générale pour se dérouiller un peu.

Après les nains, ce fut au tour des soldats gobelins de quitter la ville. Si on les entendait de loin, eux qui étaient toujours à se disputer, à s'insulter et à se taper dessus avec force couinements aigus et grognements rauques, on les sentait aussi de très loin. Ce peuple, et en particulier les individus qui vivaient cachés dans les profondeurs de la cité, avait depuis longtemps abandonné toute notion d'hygiène corporelle, à en croire les pustules et les verrues qui constellaient chaque parcelle de leur corps repoussant. Leur armure rouillée souvent trop grande tombait lamentablement sur leurs genoux, leurs sabres émoussés traînaient dans la poussière, mais une même rage de tuer luisait dans leur regard torve.

Les trolls, immenses et nonchalants, s'avancèrent ensuite dans un calme étonnant. Vêtus, pour la plupart d'un simple pagne en peau, ils suivaient la gigantesque colonne sans se poser de questions, armés de masses d'armes ou de rustiques gourdins également appelés écraseurs. Pourvu qu'on pensât à leur place et qu'on leur en donnât l'ordre, les trolls, d'habitude de nature placide, pouvaient devenir de redoutables machines à tuer que rien n'arrêtait.

Ensuite venaient tous les autres. Des centaines d'humains, mercenaires ou assassins pour la plupart, des halfelins peu désireux de participer aux combats, mais impatients de dépouiller les futurs cadavres pour s'enrichir au passage, et même quelques créatures inquiétantes dont on ignorait la nature. On savait juste qu'elles avaient mystérieusement surgi des entrailles de la ville souterraine et on évitait de les approcher de trop près.

Enfin, deux ultimes escadrons de drows franchirent les portes de Rhasgarrok. Ils encadraient les fameux urbams, aussi monstrueux physiquement que moralement. Toutes les grandes maisons qui en possédaient avaient accepté de se départir de leurs serviteurs dévoués pour servir la puissance de Lloth. Menottés, enchaînés, muselés comme des bêtes sauvages, les urbams auraient le moment voulu un rôle clé à jouer, mais en attendant il fallait les surveiller et s'en méfier comme de la peste. Sans foi ni loi, ils étaient capables de s'entretuer pour se dévorer les uns les autres.

Bien sûr, il ne fallait pas oublier les cohortes de serviteurs et d'esclaves. Devenus pour l'occasion porteurs de tentes, valets, cuisiniers ou même guérisseurs, ils fermaient le cortège long de plus d'un kilomètre.

Jamais auparavant, matrone n'avait dirigé armée aussi puissante et terrifiante.

C'était toute une ville, qui s'était mise au service de la gloire de Lloth.

Dans moins de trois jours, l'armée de la déesse araignée atteindrait les contreforts des montagnes Rousses. Dans cinq, elle serait aux portes de la forêt de Ravenstein.

7

Luna se réveilla en nage. Elle mit quelques secondes à réaliser qu'elle se trouvait dans la cabane du Marécageux. Elle écarta d'une main tremblante les mèches humides collées sur son front. Dans sa poitrine tambourinait son cœur affolé. Dans sa tête résonnaient encore les paroles effrayantes de l'esprit de Wiêryn.

« Je veux que tu viennes au palais des Brumes, Sylnodel ! »

« Tu dois trouver un nécromancien. Quelqu'un capable de t'envoyer parmi nous. Et vite ! »

Si l'adolescente n'avait pas été habituée à communiquer avec les esprits par le biais de ses rêves, elle aurait pensé avoir inventé toute cette histoire. Mais, au fond d'elle-même, elle savait qu'il ne s'agissait pas d'un cauchemar. Askorias était bien en train de semer la panique parmi les morts et, non content d'avoir fait subir quelque chose d'effroyable à Ravenstein, cet être malfaisant venait peut-être de capturer Hérildur.

Luna se sentit soudain tellement désemparée qu'elle faillit éclater en sanglots.

« *Tu es la seule à pouvoir l'aider !* »

« Mais pourquoi moi ? » se lamenta Luna, en cachant sa tête dans ses mains.

Elle avait tant de soucis avec cette guerre qui se profilait ! En plus, que savait-elle d'Outre-tombe ? Absolument rien. Certes, elle avait déjà visité le royaume des dieux, mais le moins qu'on pût dire était qu'elle n'en gardait pas un bon souvenir ! Et jamais sa mère ne la laisserait partir ainsi. Kendhal non plus, d'ailleurs ! Enfin, pour couronner le tout, elle ignorait totalement où trouver un nécromancien. Il n'y avait qu'à Rhasgarrok que se terrait ce genre de sorcier maléfique.

Soudain une idée germa dans sa tête.

« À Rhasgarrok… ou bien peut-être à Eilis ? réalisa Luna avec stupeur. Et si Edryss en avait ramené un avec elle ? Un nécromancien repenti… Pourquoi pas ? »

Une petite lueur d'espoir s'alluma dans l'esprit de l'adolescente. Mais un doute persistait.

« S'il a décidé pour une raison ou une autre de renoncer à ces pratiques obscures et malsaines, acceptera-t-il de m'aider ? »

Tant pis, il fallait tenter le tout pour le tout. La vie, ou plutôt la survivance de l'esprit de son grand-père était en jeu. Elle ne pouvait pas le laisser entre les griffes d'Askorias. Si jamais il arrivait quoi que ce soit à Hérildur et qu'il ne puisse plus lui rendre visite dans ses songes, Luna savait qu'elle s'en voudrait éternellement.

L'adolescente allait sauter du lit quand elle arrêta son geste pour chercher du regard le Marécageux. Elle ne voulait pas le réveiller. Mais son fauteuil était vide. Était-il déjà en train de creuser son tunnel vers Naak'Mur?

Luna hésita quelques secondes. Pourtant, il fallait bien l'avouer, l'absence de son ancien mentor l'arrangeait. Ainsi, elle n'aurait pas à se justifier ni à s'inventer des excuses.

Décidée à se rendre dès à présent à Eilis, elle bondit hors du lit, enfila son pantalon et s'élança dans l'aube naissante en direction du quartier des elfes noirs. Lorsqu'elle y arriva à bout de souffle, deux heures plus tard, le jour était levé.

La jeune fille s'empressa d'apposer sa main contre la lourde porte argentée et fit irruption dans le hall d'entrée. Les gardes postés devant l'escalier qui menait aux appartements d'Edryss sursautèrent et s'écartèrent prestement pour la laisser passer. Vu son air affolé, la princesse semblait porteuse de nouvelles catastrophiques.

Luna grimpa les marches quatre à quatre et, une fois devant la porte en bois sculpté d'Edryss, elle fit une courte pause pour reprendre son souffle. Après seulement, elle frappa et attendit le cœur battant. Comme aucune réponse ne lui parvint, elle frappa à nouveau. La prêtresse dormait peut-être encore. L'adolescente prit alors l'initiative d'entrer sans y avoir été invitée.

— Edryss? C'est moi, Luna…

La pièce était plongée dans l'obscurité, depuis que les vitraux qui donnaient sur la façade avaient été bouchés. Sans bruit, elle se dirigea vers la chambre de la prêtresse et s'apprêtait à frapper lorsque la porte s'ouvrit brusquement.

— Que se passe-t-il? s'écria Edryss affolée, qui finissait d'enfiler son peignoir. Les drows attaquent, c'est ça? Les combats ont commencé?

— Non, non, pas du tout, la coupa Luna. Il ne s'agit pas de la guerre. Juste d'un problème… personnel, disons, mais vraiment très important.

La femme lâcha un soupir de soulagement en frottant son visage lourd de sommeil.

— Oh, par Eilistraée, tu m'as fait une de ces peurs, Luna! J'étais en train de somnoler, mais quand j'ai entendu ta voix mon sang n'a fait qu'un tour et j'ai tout de suite imaginé le pire. Je pensais que c'était ta mère, ou encore Darkhan qui t'envoyait.

Soudain confuse d'avoir occasionné une frayeur inutile à Edryss, Luna baissa les yeux, hésitante.

— Eh bien, maintenant que je suis tout à fait réveillée, raconte-moi ce qui t'amène, fit Edryss en l'invitant à s'asseoir.

— J'ai reçu la visite d'un autre esprit cette nuit, commença Luna en prenant place dans le canapé. Celui de la forêt de Wiêryn, là où j'ai passé toute mon enfance. Il, où plutôt elle, car sa voix était résolument féminine, m'a appris une désastreuse nouvelle.

— Quoi donc? s'enquit Edryss, soucieuse.

— Le nécromancien qui s'en est pris à Ravenstein est de retour à Outretombe. Il semblerait qu'il ait cette fois capturé Hérildur.

— Par la déesse! s'écria la prêtresse, affolée. Mais ce sale bonhomme n'arrêtera-t-il donc jamais de nous faire du mal! Oh, Luna, je suis tellement désolée! Je sais que tu adores ton grand-père et que ses visites nocturnes te permettaient d'accepter sa mort. Je… je ne sais pas quoi te dire. Tu en as parlé à ta mère?

— Non, c'est toi que je voulais voir, Edryss. En fait, tu es la seule qui puisse m'aider.

Compatissante, la femme pensa que la jeune fille avait besoin de réconfort.

— Si je peux faire quoi que ce soit, n'hésite pas, acquiesça-t-elle, bienveillante.

Luna prit une grande inspiration avant de se lancer :

— Il faut que j'aille à Outretombe délivrer Hérildur. J'ai besoin d'un nécromancien !

Edryss, qui s'attendait à tout sauf à cela, manqua de s'étouffer. Elle suffoqua, blêmit, toussa, et finit par secouer la tête dans tous les sens.

— Luna ! s'écria-t-elle. Serais-tu devenue folle ! Un nécromancien ! Mais... mais c'est de l'inconscience ! Aller à Outretombe ! Et puis quoi, encore !

L'adolescente qui s'attendait à de telles protestations s'approcha d'elle pour tenter de la convaincre.

— Edryss, je sais ce que je risque en allant là-bas, mais je suis prête à tout pour sauver mon grand-père. Il est le seul à peut-être pouvoir nous aider ! Si je n'agis pas maintenant, je le regretterai toute ma vie. Et il est grand temps que quelqu'un arrête Askorias, sinon, qui sait de quoi il est capable ! De ressusciter une armée de démons pour venir nous anéantir ?

À ces mots, la prêtresse se figea. Elle sembla réfléchir, puis, sans se retourner vers l'adolescente, elle lâcha :

— Désolée, mais Eilis ne compte aucun nécromancien parmi ses habitants.

Luna contracta sa mâchoire. Il fallait qu'elle en ait le cœur net.

— Je ne te crois pas, Edryss! dit-elle avec fermeté. Retourne-toi et regarde-moi en face.

La prêtresse fit volte-face et scruta l'adolescente avec attention. Son regard était indéchiffrable.

— J'ai besoin de ton aide, Edryss. Je t'en supplie, ne m'abandonne pas, pas maintenant!

Une profonde agitation intérieure semblait habiter la prêtresse. Le silence, lourd et angoissant, s'éternisa. Soudain, elle détourna son regard d'ambre de celui de la jeune fille et murmura comme pour elle-même:

— Ta mère va être folle de rage contre moi si elle l'apprend.

Une onde d'espoir traversa l'esprit de Luna comme un éclair fulgurant. Pourtant, de peur de tout gâcher, elle préféra retenir son souffle.

— Et tu as songé à Kendhal? Il tient à toi plus qu'à sa propre vie. Et à Darkhan, à Assyléa? Au petit Khan qui t'adore? Sans compter tous tes amis? Par Eilistraée, si jamais tu ne reviens pas, tu imagines un peu dans quelle situation je me retrouverai vis-à-vis d'eux?

— Tu connais un nécromancien, n'est-ce pas ? ne put s'empêcher de demander Luna.

Aussi furieuse qu'agacée, Edryss leva les bras en l'air.

— Oui, j'en connais un, mais… là n'est pas la question ! Enfin, Luna, tu te rends compte de ce que tu me demandes ?

Mais l'adolescente ne l'écoutait plus. Des centaines de questions l'assaillaient déjà :

— Comment s'appelle-t-il ? Crois-tu qu'il va accepter de m'envoyer là-bas ? Que faut-il que je fasse pour…

— Luna ! gronda Edryss en attrapant son interlocutrice par les épaules. Écoute-moi avec attention, maintenant. Lorsque nous avons fui Rhasgarrok, nous comptions effective-ment un nécromancien dans nos rangs. Mais il a solennellement prêté serment devant la déesse d'abandonner tout commerce avec les morts et de ne plus jamais pratiquer aucun rituel démoniaque. Toutefois, j'imagine que, si je me montre suffisamment convaincante, il acceptera de t'aider. Si au début j'ai eu du mal à lui accorder ma confiance, nous sommes aujourd'hui de très bons amis.

Luna allait sauter de joie quand Edryss ajouta :

— Mais je ne lui parlerai que lorsque tu auras prévenu Ambrethil !

Cette restriction lui fit l'effet d'une douche glacée. « Et pourtant, j'aurais dû m'y attendre ! » se morigéna-t-elle intérieurement.

Elle scruta Edryss pour sonder sa détermination, mais les yeux d'ambre de la prêtresse ne cillèrent pas.

— C'est bon… ronchonna Luna tout en se dirigeant vers la sortie. Je vais aller parler à ma mère. Mais, de ton côté, prépare des arguments afin de convaincre ton ami. Je serai de retour dans moins d'une heure et je compte partir sur-le-champ !

Ambrethil fut en réalité beaucoup plus difficile à convaincre que prévu.

Luna la trouva dans son bureau, en pleine discussion avec ses généraux. Malgré l'importance de sa réunion, la reine accepta de la recevoir sans attendre. Sa fille n'avait pas pour habitude de la déranger pour rien. Elle la fit passer dans une pièce voisine et l'invita à parler. Sans perdre une seconde, Luna lui exposa la situation. Elle avait eu tout le trajet jusqu'au palais pour choisir ses mots et alla directement à l'essentiel.

Ambrethil fut tellement abasourdie par les propos de sa fille qu'elle en resta bouche bée. Sans prononcer une seule parole, elle se laissa tomber dans un fauteuil, hébétée.

— Alors, tu es d'accord? avança Luna qui espérait bien abréger l'entretien.

— Pourquoi faut-il toujours que tu te lances dans ce genre d'aventures! soupira la reine.

— Mais ce n'est pas ma faute! protesta l'adolescente. C'est Askorias qui…

— Je sais. Mais pourquoi toi, Luna? Pourquoi est-ce à toi qu'on demande d'aller sauver Hérildur? Pourquoi pas à Darkhan ou…

— C'est à moi que grand-père rend visite! Tu sais très bien qu'il existe entre nous un lien particulier. Et on ne peut quand même pas laisser ce nécromancien de malheur tuer Hérildur une deuxième fois!

— Je comprends ce que tu veux dire. Moi aussi cette nouvelle me bouleverse, mais tu te rends compte du danger que cela représente?

— Ce ne sera pas la première fois que je prends des risques. J'ai déjà affronté des dieux, des vampires, des lycanthropes… Alors, un nécromancien…

— Ma fille, ouvre les yeux! Tu me demandes de te laisser partir à Outretombe, le royaume des morts, un monde terrifiant rempli de démons, de criminels et de tous les monstres qui n'ont pu devenir des anges!

Ambrethil se leva d'un bond et se planta devant sa fille.

— Luna, j'adorais Hérildur plus que tout, crois-moi, mais il est mort. Et toi, tu es vivante. J'ai déjà perdu une fille, je ne veux pas prendre le risque de te perdre à ton tour. Je suis désolée, mais je refuse que tu te rendes là-bas. Le jeu n'en vaut pas la chandelle.

— Parce que tu crois que je courrais moins de danger sur les champs de bataille à lutter contre les troupes de drows qui vont bientôt envahir la forêt?

La reine sursauta.

— Comment ça? Je… je croyais que tu resterais avec moi, à Eilis.

— J'ai changé d'avis! décréta sèchement Luna. Il est hors de question que je reste les bras croisés pendant que les hordes de Lloth détruiront notre forêt.

Livide, Ambrethil dut prendre appui sur le dossier du fauteuil pour ne pas défaillir.

— Luna, pourquoi faut-il toujours que tu t'opposes à moi?

— Parce que c'est mon destin, maman! Si je n'étais pas partie pour Rhasgarrok autrefois, jamais je ne t'aurais délivrée. Et pourtant, je n'avais que douze ans à l'époque. Maintenant j'en ai trois de plus et quelques exploits à mon actif. Souviens-toi du Néphilim invoqué par Elkantar pour détruire les elfes de lune; sans mon intervention, il aurait anéanti notre peuple. Et je te rappelle que, si la forêt a été sauvée de l'empoisonnement et si les avariels sont venus se réfugier ici, c'est aussi grâce à moi! Grand-père, lui, avait confiance en moi! Je suis certaine que, si les rôles avaient été inversés, lui m'aurait laissée partir à Outretombe pour te sauver!

Ambrethil encaissa le coup sans broncher.

— Outretombe est un monde tellement différent du nôtre! murmura-t-elle dans un souffle.

— J'ai survécu au royaume des dieux.

— Mais les morts sont mille fois plus imprévisibles et dangereux que les dieux. Ils n'ont rien à perdre, eux.

— Ce ne sont pas eux que je crains, mais plutôt Askorias. Toutefois, j'aurai l'avantage de la surprise. Il ne s'attend pas à me voir débarquer là-bas et mon pouvoir aura raison de lui.

— Et si c'était un piège? Si Askorias s'en était pris à Hérildur dans l'unique but de t'attirer là-bas? Hein, tu y as pensé, à ça?

Luna plissa les yeux, pensive.

— Non, l'esprit de Wiêryn l'aurait senti. Maman, j'insiste, je dois y aller!

Ambrethil scruta le visage de sa fille. Outre de la détermination, elle y lut du courage, de la force, de l'espoir. Alors, elle l'attira à elle, les yeux pleins de larmes, et capitula:

— Fais comme tu l'entends, ma Luna. C'est vrai que depuis que tu es toute petite tu choisis ta voie et tu t'es rarement trompée. Tes choix t'ont toujours amenée à accomplir de grandes choses. Suis ton instinct, Sylnodel, suis ton destin. Mais promets-moi de revenir.

— Je le jure, maman, promit-elle en essuyant une larme sur la joue de sa mère.

— Quand comptes-tu partir?

— Dès que l'ami d'Edryss pourra m'envoyer là-bas. Le plus tôt possible.

— Tu as pensé à Kendhal?

— Bien sûr, répondit Luna en baissant les yeux. Dis, tu pourras lui expliquer?

La reine hocha la tête gravement.

— Ah, autre chose, ajouta l'adolescente. Si jamais je tarde à revenir et que la guerre éclate, fais appeler le Marécageux. Il travaille actuellement à une possibilité de repli.

— Mais nous avons déjà tout prévu en songeant à nous réfugier à Eilis.

— Les drows sont capables du pire et je doute que vous surviviez très longtemps enfermés là-dedans. Le Marécageux, lui, saura quoi faire. Il faudra écouter attentivement ce qu'il aura à te dire et lui faire confiance.

— Entendu, Luna. Je l'écouterai. Sois prudente, ma chérie, et reviens-moi vite!

La mère et la fille s'étreignirent longuement en silence.

Lorsque Luna franchit le seuil de la pièce, elle avait le cœur en miettes. Lorsque Ambrethil retourna auprès de ses généraux, elle semblait avoir vieilli de dix ans.

8

— Tu peux entrer, à présent, fit Edryss en s'écartant pour laisser passer la jeune fille dans une petite pièce sombre.

Luna prit une grande inspiration pour tenter d'apaiser les battements de son cœur affolé. Elle était à la fois pressée et angoissée de se trouver enfin en face du nécromancien. Le convaincre n'avait pas été chose aisée, mais l'ancien mage noir avait fini par accepter la requête de la princesse. Toutefois la préparation du rituel, longue et compliquée, avait pris beaucoup de temps et Luna avait passé sa journée à attendre d'être convoquée. Rongée par l'inquiétude et l'impatience, elle avait fini par se rendre dans les entrepôts pour prêter main-forte à ceux qui recensaient les vivres. Elle avait travaillé d'arrache-pied jusqu'à ce que la nuit laisse son voile opaque recouvrir la forêt. Alors, Edryss était venue la chercher.

L'adolescente pénétra dans les appartements du nécromancien. Une odeur piquante et désagréable lui arracha une grimace. Pourtant, elle surmonta son dégoût et fit quelques pas dans l'obscurité. Elle distingua rapidement une silhouette voûtée qui se tenait immobile, dans un coin de la pièce.

— Je te présente Sthyrm, chuchota Edryss dans son dos. C'est lui qui va t'envoyer au royaume des morts. Mais, avant de t'expliquer comment il va procéder, il a d'importantes révélations à te faire. Je t'en prie, écoute-le avec la plus grande attention, car il en va de ta vie. Et surtout, une fois que tu seras là-bas, sois très prudente !

Sans prévenir, la prêtresse déposa un baiser sur sa joue avant de faire brusquement volte-face.

— Tu ne restes pas avec moi ? fit Luna en se retournant, aussi surprise qu'effrayée.

— Non, Edryss n'a plus rien à faire ici ! tonna une voix caverneuse dans son dos. Les secrets que je vais te révéler ne concernent que les morts.

Luna hoqueta de stupeur.

— Mais je suis vivante, moi !

— Plus pour longtemps…

La gorge de l'adolescente se serra. Elle essuya ses paumes moites sur sa tunique, se demandant soudain si elle avait bien fait de s'adresser à ce vieux fou.

— Sache qu'Outretombe n'est pas un territoire comme les autres, reprit Sthyrm. De s'y aventurer est extrêmement périlleux, d'y survivre est une prouesse rare et seuls les adeptes de la magie noire la plus puissante peuvent espérer en revenir. Mais aucun ne peut échapper aux traces indélébiles qu'Outretombe laisse dans leur cœur. Sache, petite, qu'après ton voyage, si tu reviens, tu ne seras plus jamais la même.

Luna sentit soudain la tête lui tourner. Elle se demanda si c'était cette odeur écœurante qui lui retournait l'estomac ou les propos alarmistes du nécromancien. Vacillante, elle chercha du regard où s'asseoir.

— Si tu sens déjà ta volonté faiblir, je doute que nous puissions aller plus loin, petite elfe de lune ! ironisa Sthyrm.

Piquée au vif, Luna se redressa et lui adressa un regard dur.

— Ce n'est pas ma volonté, qui faiblit, rétorqua-t-elle sèchement, mais mon odorat. Vous n'aérez jamais ici, ou quoi ?

La remarque pour le moins impolie fit sourire le nécromancien.

— Tu as du caractère, on dirait. Bien, bien, c'est un bon signe. Maintenant, approche un peu et écoute-moi attentivement.

Luna obéit, scrutant l'homme avec curiosité. Lui donner un âge, même approximatif, semblait impossible. La seule chose dont l'adolescente était certaine, c'était qu'il était vieux, très vieux. Plus vieux encore que le Marécageux et Hérildur réunis. Sa peau ridée, grisâtre et parcheminée ressemblait aux croûtes de cuir poussiéreuses des anciens grimoires qui dormaient à l'abri dans les vitrines de la bibliothèque royale. Le drow exhalait d'ailleurs la même odeur de moisissure.

Pourtant, ses yeux incandescents, vifs et mobiles, furetaient partout telles deux guêpes en chasse. Quand Luna sentit le regard de braise s'accrocher au sien et s'introduire dans son âme, elle baissa les yeux, troublée, se demandant ce qu'il avait lu en elle.

— Ne sois pas si farouche, petite, grinça-t-il. Bientôt, nous serons très intimes tous les deux. Je vais partager avec toi des secrets que le commun des mortels ignore. Montre-toi un peu docile, s'il te plaît !

Luna serra les poings. Un goût de bile envahit sa bouche. Décidément, ce type lui déplaisait fortement. Toutefois, si Edryss lui accordait sa confiance, ne devait-elle pas faire de même ?

— Je n'ai rien à cacher, fit-elle en relevant la tête comme pour défier le nécromancien, mais, si vous voulez fouiller mon esprit, je préfère que vous m'en demandiez la permission.

— Parce que tu crois que les démons qui peuplent Outretombe vont te demander la permission de s'introduire dans ton âme, peut-être! tonna soudain Sthyrm. Là-bas, tu seras seule, seule en face d'êtres capables du pire, seule en face de tes propres démons, ne l'oublie pas. Je suis au courant de tes nombreux exploits, figure-toi, et je sais que tu as tué des gens. Oh, tu avais sans doute de bonnes raisons de le faire, par exemple celle de sauver ta vie ou de protéger ceux que tu aimes, mais, pour les morts, tu es la coupable, l'unique responsable de leur trépas. Et, crois-moi, si tu tombes sur l'un d'eux, il ne te fera pas de cadeau.

Luna blêmit en songeant aux personnes qu'elle avait tuées grâce à son pouvoir. Oloraé, la sorcière, Elkantar, son propre père, cette bande de mécréants humains qu'elle avait occis dans la forêt, ou encore sire Ycar, le lycanthrope. Que lui feraient-ils si jamais leurs routes se croisaient à Outretombe?

Mais le nécromancien ne lui laissa pas le temps de s'interroger davantage.

— Une fois à Outretombe, tu ne pourras compter sur personne. Et, comme si les morts ne suffisaient pas à hanter ce monde, le pire sera sans doute d'affronter Askorias. J'ai connu cet homme autrefois. Ce n'est pas n'importe qui. Askorias And'Thriel est sans doute le plus grand nécromancien qu'ait jamais connu Rhasgarrok. À ma connaissance, personne n'est allé aussi loin dans la maîtrise des sciences occultes. Même moi. Tu imagines à qui tu vas t'opposer ?

— Je sais, souffla Luna. Et, le comble, c'est qu'il s'agit de mon grand-père…

— Oui, Edryss me l'a dit. Affronter un aïeul pour en sauver un autre, n'est-ce pas ce qu'on appelle l'ironie du sort ? Le destin ne manque parfois pas d'humour.

— Je ne trouve pas ça drôle, rétorqua sèchement Luna.

Sthyrm toussota, décontenancé par la froideur de l'adolescente, et poursuivit :

— Outretombe est un monde noyé dans un brouillard dense et inquiétant. Personne ne connaît la nature exacte de ces nappes de brume, mais les morts les craignent suffisamment pour éviter de s'aventurer hors de leur tour. Il arrive en effet que ces masses cotonneuses et blanchâtres qui semblent inoffensives s'engouffrent dans les couloirs du palais des brumes pour emporter les morts avec elles. Ils ne réapparaissent jamais plus.

Le nécromancien marqua une pause.

— Les morts pensent que ce brouillard est doué d'une vie propre. Certains parlent d'entités indépendantes, d'autres d'une créature unique possédant une intelligence remarquable, mais tous lui donnent le même nom : le Bouff'mort.

Un frisson de terreur parcourut Luna. Pour se donner de la contenance, elle demanda :

— Et moi, ai-je quelque chose à craindre de ce… Bouff'mort ? Je veux dire, s'en prend-il également aux vivants ?

— Cela n'a jamais été prouvé. De toute façon, je suppose que, si c'est le cas, ces pauvres hères ne sont plus là pour en témoigner. Cependant, pour être allé une fois à Outretombe, je t'assure que la frayeur que cette brume insaisissable, mais omniprésente, inspire aux démons est à ce point communicative que tu ne t'attardes pas hors des tours sans une excellente raison.

Luna hocha la tête.

— Parlez-moi un peu de ces tours.

— Lorsqu'ils trépassent, les criminels se voient attribuer une tour en fonction de leur degré de perversion. Je vais te faire un petit schéma, tu comprendras mieux.

Sthyrm s'approcha d'un bureau pour prendre une feuille de parchemin et une plume, puis il revint auprès de la jeune fille.

— Regarde, fit-il en dessinant six petits ronds placés en cercle. En bas, c'est la tour des Remords où sont envoyés ceux qui regretteront éternellement leurs crimes. À droite, il y a la tour des Meurtriers, dont le nom se passe d'explication. Ensuite vient la tour des Monstres. C'est l'endroit le plus dangereux, là où se trouvent les pires tortionnaires. Après, on a la tour des Fous qui abrite ceux qui n'ont pas conscience de leurs crimes. Si on continue, on trouve la tour des Pleurs. C'est un endroit lugubre où résonnent sans cesse les sanglots déchirants des esprits torturés. Et enfin il y a la tour des Sages où demeurent ceux qui ont renoncé à devenir des anges, estimant que leur mission n'est pas achevée. Toutes ces tours sont reliées à leurs voisines par des passerelles de pierre.

Luna contempla le schéma avec intérêt avant de lever les yeux vers le nécromancien.

— Dites-moi, il n'y aurait pas une septième tour au milieu ?

Sthyrm sursauta.

— Qui t'a parlé de cette tour ?

— Hérildur.

Le vieil elfe chassa l'air devant lui avec sa main, aussi décharnée que le reste de son corps.

— Peuh ! Personne ne l'a jamais vue, cette soi-disant tour centrale. On suppose qu'elle existe, mais aucune passerelle la reliant aux autres tours n'a jamais été découverte. Comment, dans ce cas, imaginer une tour au milieu? Moi, je dis que ce n'est qu'une rumeur de plus.

— C'est votre point de vue, fit Luna en haussant les épaules. Bon, j'ai une autre question. Savez-vous qui détermine la tour qui convient à chacun des morts?

Le nécromancien se rembrunit aussitôt. Ses sourcils s'arquèrent et ses traits se durcirent.

— Tu poses trop de questions, fillette!

— Vous le savez et vous ne voulez pas me confier ce secret, ou bien vous l'ignorez?

— Hum, tu es plutôt du genre têtu, toi! grommela Sthyrm en se grattant le menton. En réalité, nul ne sait qui attribue les tours. Peut-être les dieux, peut-être le Bouff'mort ou…

— Ou peut-être quelqu'un qui vivrait dans la septième tour? dit Luna avec un sourire espiègle.

Sthyrm se leva brusquement et s'agita dans tous les sens. Luna l'observa sans parvenir à déterminer s'il était furieux, perplexe ou complètement fou.

— Nom de nom, petite écervelée, tu vas m'écouter, à la fin? gronda-t-il en lui agrippant les épaules pour la secouer sans ménagement. Oublie cette tour! Tu dois te concentrer sur l'essentiel. Ta mission va être suffisamment difficile comme ça sans que tu cherches à te fourrer dans d'autres guêpiers !

— Hé, arrêtez de me malmener ainsi ! protesta l'adolescente en se dégageant. Et expliquez-moi plutôt comment vous allez faire pour m'envoyer à Outretombe. Que faut-il que je fasse de particulier ?

Le vieillard lâcha Luna et la scruta en silence.

— Toi, rien. Tu auras juste à t'endormir. C'est moi qui accomplirai les rituels et qui prononcerai les incantations destinées à te faire voyager.

Luna faillit demander en quoi consistait la cérémonie, mais elle se ravisa. Elle craignait qu'il s'agisse de rites macabres et sanglants dont elle préférait ne pas entendre parler.

— Mon corps restera ici, ou pas ?

— Oui, je veillerai sur ton enveloppe char-nelle pendant que ton esprit errera dans les tours du palais des Brumes. Une fois à Outre-tombe, tu ne sentiras ni la faim ni la soif. Je me chargerai de te faire ingurgiter une décoction un peu spéciale qui te maintiendra en vie.

— Hum… mais si seul mon esprit voyage, comment vais-je me sentir, une fois là-bas ? Aurai-je l'impression d'avoir un corps ? Vais-je marcher, ou voler ?

— Ce sera exactement comme dans tes rêves. Ceux où tu rencontres Hérildur. Les morts auront l'apparence des vivants tels qu'ils étaient à l'heure de leur trépas. On ne vieillit pas, à Outretombe.

— Les morts vont-ils croire que je suis morte aussi?

— Il vaudrait mieux, sinon ils risquent de s'en prendre à toi. C'est une question d'odeurs. En fait, le sang les attire et, si leur odorat est affûté, ils devineront vite que tu n'es pas comme eux et ils chercheront à te… dévorer.

— Ils sont cannibales? s'alarma l'adolescente en ouvrant des yeux effarés.

— Oh, pas tous, mais le sang frais est pour certain un véritable nectar. Ses vertus nutritives sont décuplées à Outretombe et nombreux sont les démons qui cherchent à gagner en vigueur et en puissance. Pour dissimuler ton odeur, je vais donc devoir te fabriquer une aura de putrescence. Ce sort n'est pas à la portée de n'importe quel mage noir, mais c'est à ce genre de petits détails qu'on reconnaît les meilleurs.

— Bon, et ensuite, où vais-je arriver? Dans la tour des Sages?

La mince bouche de Sthyrm se tordit.

— C'est là que tout se complique. On ne peut pas vraiment choisir l'endroit où on atterrit, à moins d'y être allé au moins une fois avant et d'avoir balisé son arrivée. Ce qui ne sera pas ton cas. Tu peux donc atterrir dans n'importe quelle tour, mais toujours sur un balcon.

— Un balcon? Mais… et le brouillard?

— Espérons qu'il ne percevra pas ta présence comme une intrusion. C'est un risque à prendre, mais tu n'as pas le choix de toute façon!

Luna fut soudain prise d'un doute. L'ampleur du danger qu'elle s'apprêtait à affronter s'imposait à elle tout à coup. Elle dut faire un effort pour fixer à nouveau son attention sur les paroles du drow.

— Si tu survis au brouillard, tu devras rejoindre la tour des Sages au plus vite pour parler à l'esprit de Wiêryn. Elle sera sans doute ta seule alliée dans ce monde sans pitié. Elle t'aidera et te guidera. Et puis, avec un peu de chance, elle aura peut-être découvert où se trouve Hérildur.

— D'accord, acquiesça Luna. Encore une question. Est-il possible de tuer un vivant au royaume des morts? Car je possède un pouvoir mental très puissant que je compte utiliser pour vaincre Askorias. Fonctionnera-t-il à Outretombe?

— Bien sûr que les vivants peuvent mourir là-bas! Lui… comme toi!

— Merci de m'encourager, cela me touche beaucoup! railla l'adolescente. Bon et au cas où je survivrais, si vous me disiez comment je ferai pour rentrer ici...

— Rien de plus facile. Tu n'auras qu'à prononcer la formule qui est inscrite sur ce parchemin. Tiens! Lis-la avec attention afin de la mémoriser, mais ne la prononce jamais ailleurs qu'à Outretombe.

Luna lut la longue phrase en silence.

— C'est tout simple, en fait!

— Simple et rapide, mais sache qu'Askorias dispose du même truc. Grâce à ces quelques mots, il pourra disparaître également d'Outretombe. Ce qui veut dire que, si tu veux t'en débarrasser définitivement, tu devras le prendre par surprise.

— Entendu! Quand commence-t-on?

— Tu es bien pressée. Pourtant, rappelle-toi ce que je t'ai dit au début de notre conversation: si tu parviens à réintégrer ton corps, tu seras irrémédiablement différente.

Une ombre d'inquiétude voila le regard azur de Luna.

— Différente à quel point de vue?

— Tu garderas toujours en toi une trace de ton passage à Outretombe. Maintenant, je ne m'avancerai pas à te dire quels changements t'affecteront. Ils peuvent être physiques ou psychologiques. Après leur séjour chez les morts, certains nécromanciens sont devenus fous à lier, d'autres ont pris dix ans d'un coup, d'autres, trop faibles, sont tombés dans le coma, d'autres encore ont vu leur cœur se noircir ou leur visage se friper comme une vieille pomme. Impossible de prévoir, petite Luna, mais c'est le prix à payer pour sauver ton grand-père.

C'était la première fois que Sthyrm manifestait une touche de gentillesse. Luna lui rendit son sourire.

— Je suis prête.

Le nécromancien la fit s'allonger sur un lit de camp. Il allait amorcer le rituel quand il revint vers elle.

— Tiens, c'est étrange, fit-il en la fixant, il y a une question que je m'attendais à ce que tu me poses et qui n'est pas venue.

— Laquelle ? s'étonna Luna en se relevant sur un coude.

— Je pensais que tu serais curieuse de savoir pourquoi j'ai accepté de renier mon serment de ne plus jamais toucher à la magie noire.

Luna fit mine de réfléchir.

— Hum, parce que vous avez jugé ma cause valable et noble.

— C'est vrai qu'elle l'est, mais ce n'est guère cela qui m'a convaincu. Pour moi, une frêle princesse au cœur pur n'avait aucune chance de survivre plus de deux secondes à Outre-tombe. C'était comme envoyer une souris dans la fosse aux lions.

— Qu'est-ce qui vous a convaincu, alors ?

— En réalité, je n'étais pas d'accord avec Edryss et je comptais bien te faire renoncer à cette folie. Mais, en t'écoutant, en t'observant, j'ai finalement changé d'avis. Tu n'es pas une souris, mais une lionne, Luna, et tu as en toi une volonté qui te permettra d'enfoncer toutes les portes. Tu es maligne et rusée. Même le Bouff'mort n'aura qu'à bien se tenir !

Le cœur de Luna se gonfla de fierté.

— Merci, Sthyrm, j'avais besoin qu'on me le dise ! Et, venant de vous, cela me touche particulièrement.

Le vieillard lui adressa un clin d'œil. L'instant suivant, il grognait d'une voix rauque :

— Bon, suffisamment palabré ! Ferme les yeux et laisse-moi travailler, maintenant. J'ai besoin de calme et de concentration.

Une caresse sur la joue tira Luna de sa léthargie. Sthyrm avait-il terminé son rituel ? Était-ce Edryss qui était revenue ?

Luna ouvrit un œil et se redressa. Elle n'était plus dans l'antre exigu du nécromancien, mais allongée sur une vaste terrasse en granit gris.

Des nappes informes d'une blancheur éthérée flottaient doucement tout autour d'elle.

Son cœur rata un battement.

Elle était dans le palais des Brumes, au cœur d'Outretombe. Seule. Toute seule.

9

Monté sur son étalon, Darkhan avait décidé d'accompagner le premier groupe d'éclaireurs. Une cinquantaine de guerriers avaient accepté comme lui de jouer les sentinelles, pendant que les autres, restés à Laltharils, s'entraînaient encore pour les combats à venir. Répartis dans les contreforts des montagnes Rousses et aux environs de la forêt d'Anthorn, les groupes de cinq ou six éclaireurs devaient repérer toute activité anormale et retourner à Laltharils pour en référer aux souverains.

Depuis deux jours, Darkhan et ses hommes sillonnaient cette région vallonnée et boisée, tout en progressant vers le nord. Ils avaient contourné les collines, parcouru les sentiers, suivi les pistes, sans oublier d'inspecter les abords des lacs à la recherche d'éventuelles traces de pas, de sabots ou encore de restes de foyers. Jusque-là, ils n'avaient rien noté de suspect, mais à mesure qu'ils avançaient leur nervosité allait croissant. Demain, ils seraient en vue de la plaine d'Ank'Rok et les choses sérieuses commenceraient sans doute.

Ank'Rok, le désert de pierres. Rien que ce nom avait pour effet de réveiller des peurs ancestrales. On disait cette région maudite, hantée par les âmes des guerriers d'autres temps qui avaient combattu les maléfices drows. Seul Darkhan, qui connaissait bien le coin, savait réellement à quoi s'attendre. Ce qui l'ennuyait le plus serait d'avancer à découvert jusqu'aux ruines calcinées de Castel Guizmo. Mais peut-être choisirait-il de rester à couvert dans les collines avoisinantes, ce qui finalement serait plus logique et sécuritaire.

À la tombée de la nuit, le guerrier jugea le moment venu de faire une pause. Certes, les elfes étaient nyctalopes, mais pas infatigables. Cela faisait presque dix heures qu'ils arpentaient la région ; ils méritaient bien quelques heures de sommeil.

Aussitôt le signal donné, les cavaliers descendirent de cheval, fourbus, assoiffés et affamés. Tous se dirigèrent vers l'étang avoisinant pour étancher leur soif et remplir leurs outres. Après quoi ils engloutirent des tranches de viande séchée accompagnées de galettes de céréales, puis s'enroulèrent dans leurs capes pour passer la nuit.

Seul Darkhan était resté sur sa monture. Impassible, immobile, il humait l'air et écoutait la forêt. Cette nuit encore tout était calme et silencieux. Seuls quelques grillons troublaient parfois la quiétude des lieux. Et pourtant... Le guerrier ne pouvait faire refluer le mauvais pressentiment qui lui nouait les tripes. Rien n'indiquait la présence de drows dans les parages, mais il sentait le danger tout proche. Quelque chose se préparait.

Lorsque Darkhan sauta de son étalon, ses compagnons de route dormaient depuis long-temps. Il avança à son tour jusqu'à l'étang et s'accroupit pour y plonger la main. La surface de l'eau, tel un miroir d'obsidienne, reflétait les milliers d'étoiles qui narguaient la lune gibbeuse. Darkhan contempla long-temps son reflet blafard en songeant à Eilistraée.

« Que la bonne déesse nous vienne en aide ! » songea-t-il.

Sa main allait transpercer le voile parfait de l'étang quand un étrange phénomène se produisit. Alors qu'il n'y avait aucun souffle d'air, la surface de l'eau se troubla d'un coup. C'était léger, presque imperceptible, mais cela suffit à alerter Darkhan. Sous ses yeux éberlués, l'eau se mit à trembler à nouveau. La surface plane se ridait au même rythme que son cœur.

Darkhan tendit aussitôt l'oreille et comprit. Ce n'était pas son cœur, qui battait aussi fort, mais des tambours dans le lointain. Des centaines de tambours de guerre. Et ce n'était pas naturellement, que l'eau se troublait, mais à cause du martèlement du sol. Des milliers de pieds qui martelaient la terre.

Comme électrisé par l'imminence du danger, le guerrier bondit sur son cheval et disparut dans la nuit. Il voulait voir ce que les dernières collines lui cachaient, voir à quoi ressemblait l'armée drows, constater avant de donner l'alerte.

Guidé par le son des tambours grandissant, il s'enfonça dans la forêt et galopa encore une quinzaine de minutes avant de diriger sa monture vers un promontoire rocheux qui surplombait la plaine d'Ank'Rok. Il trouva rapidement un sentier sinueux, sans doute utilisé par les biches ou les sangliers de la région, et le gravit sans difficulté. Une fois au sommet, il mit pied à terre et s'approcha de la lisière des arbres. Alors seulement il remarqua que les tambours s'étaient tus. Les battements lancinants avaient cédé la place à un silence aussi profond qu'inquiétant.

Repoussant une dernière branche de noisetier, Darkhan arriva au bord de la falaise qui dominait le paysage plat d'Ank'Rok. Il se figea d'effroi, le souffle coupé. Devant ses yeux épouvantés avait lieu le spectacle le plus terrifiant qu'il eût vu de toute sa vie.

À seulement une lieue brillaient des milliers de foyers comme autant d'étoiles. Darkhan plissa les yeux et aperçut un char imposant, probablement celui de matrone Sylnor. Il promena son regard de gauche à droite et découvrit horrifié que les drows s'étaient trouvés des alliés inattendus : orques, gobelins, trolls, nains, humains et même halfelins. Dans un brouhaha diffus, mais sans cohue, chacun vaquait à ses occupations sur le gigantesque camp militaire. Darkhan crut même distinguer des urbams et il tressaillit de dégoût au souvenir de ces repoussantes créatures.

Le guerrier était sidéré. Toutes les races vivant à Rhasgarrok avaient répondu à l'appel de la jeune matriarche. Comment avait-elle pu accomplir un tel exploit ? Darkhan sentit soudain le désespoir l'envahir. Il y avait là des milliers et des milliers de guerriers, prêts à faire couler le sang. Il s'agissait sans conteste de l'armée la plus puissante jamais levée par leurs ennemis ancestraux.

Mû par un sentiment d'urgence, Darkhan se glissa à nouveau entre les fourrés et grimpa sur son cheval qu'il lança au triple galop. Il n'y avait pas une minute à perdre. D'abord, il réveillerait ses compagnons, ensuite il préviendrait les autres sentinelles que l'armée drow était à leurs portes. Pour finir, il appellerait des renforts.

Darkhan jura entre ses dents. Et dire qu'il avait cru tout planifier ! Dès lors que la nouvelle d'une guerre imminente était tombée, il avait proposé au Conseil de l'Union elfique de profiter du relief escarpé des contreforts des montages Rousses pour tendre des embuscades aux troupes drows. Son idée avait été approuvée à l'unanimité. Les escadrons composés de soldats aguerris, tous volontaires, étaient déjà prêts. La seule chose que Darkhan n'avait pas prévue, c'était le nombre exorbitant d'ennemis qu'ils auraient à affronter. Leurs dispositifs défensifs et leurs pièges seraient-ils suffisants pour empêcher l'armée de Sylnor d'atteindre Laltharils ?

Tout en galopant, Darkhan se demandait quelles seraient les stratégies martiales de la matriarche. On ne se lançait pas dans une guerre avec autant de combattants sans avoir un plan de bataille bien défini. Qui choisirait-elle d'envoyer en premier? Les drows, certainement. Ils attendaient ce moment depuis si longtemps. Depuis la fin des guerres elfiques qui les avaient contraints à se retrancher sous la terre comme des rats. Matrone Sylnor n'allait tout de même pas rater une si belle occasion de se venger en laissant les autres attaquer en premier! Mais, dans ce cas pourquoi avoir fait appel aux autres races? Pour seconder les drows? Achever les victimes? Piller la ville? Détruire la forêt?

Darkhan ne savait plus quoi penser. En réalité, avec un tel nombre de combattants, tous les scénarios devenaient possibles.

Une vague de découragement effleura l'esprit du guerrier, mais il la chassa aussitôt. S'il voulait que sa femme et son enfant vivent, il fallait qu'il lutte jusqu'au bout. Avec un peu de chance, il s'en sortirait et verrait grandir Khan.

Darkhan secoua la tête comme pour oublier ce fol espoir. Il ne servait à rien de se bercer de douces illusions. Le guerrier craignait au plus profond de lui de ne jamais voir son fils devenir un homme.

10

Luna retint son souffle, immobile et silencieuse. Seuls ses yeux s'affolaient dans leur orbite à la recherche d'une issue. Elle se trouvait sur une terrasse, assez vaste, apparemment, puisqu'elle n'en voyait pas les limites. Devant elle s'élevait un mur de pierres grises. Mais l'épaisse brume qui l'entourait l'empêchait de distinguer quoi que ce soit d'autre. L'adolescente s'efforça de respirer le plus lentement possible, s'interdisant de céder à la panique. Elle devait réfléchir calmement afin de trouver le moyen d'entrer dans la tour. Il devait bien y avoir une porte quelque part.

Soudain, une langue cotonneuse frôla sa nuque. Luna sursauta et tourna vivement la tête. Elle découvrit alors la chose la plus étonnante, mais aussi la plus effroyable qu'elle ait jamais vue. Les nappes de brouillard s'étaient rapprochées, amassées et agglutinées pour former une sorte de silhouette floue, mais compacte, munie de dizaines de tentacules qui ondulaient lentement dans l'air. C'était l'un de ces bras blanchâtres qui venait de la toucher.

Luna se raidit. Était-elle victime d'une hallucination? Nageait-elle en plein rêve? Une idée plus terrifiante s'imposa à elle. Et si c'était le fameux Bouff'mort dont lui avait parlé Sthyrm?

Son instinct de louve fut alors plus fort que sa peur. Luna se redressa d'un bond, prête à foncer tête baissée vers la créature brumeuse. À sa grande surprise, les nappes vaporeuses se désagrégèrent brusquement et se diluèrent dans le brouillard environnant sans laisser de traces. La jeune fille ne s'en réjouit pas et resta sur le qui-vive, certaine que son ennemi allait se matérialiser à nouveau pour l'attaquer, mais ce qui se produisit la laissa encore plus abasourdie.

Comme poussée par une brise imperceptible, ou mieux, comme aspirée par quelque géant invisible, la brume reflua, s'écarta et recula jusqu'à former un couloir de plusieurs mètres aux contours nets et précis. Au bout, une arche béante s'ouvrait dans le mur de la tour, semblant l'appeler.

Luna hésita. On aurait dit que le brouillard s'était écarté exprès pour lui montrer la voie, pour lui indiquer la bonne direction. Elle tressaillit. Et si c'était un piège? Si elle s'aventurait entre ces murs de brouillard, allaient-ils se refermer sur son passage pour l'emporter, telle une déferlante, loin de cette terrasse, dans le néant absolu où flottait le palais?

L'adolescente pesa longuement le pour et le contre puis, n'ayant pas d'autre choix, elle se décida finalement et bondit en direction de l'arche. À sa grande surprise, rien ne se produisit. Aucun bras filandreux ne l'arrêta, aucun monstre vaporeux ne l'empêcha de se réfugier dans l'imposant édifice. Luna pénétra en trombe dans la tour et ne s'arrêta qu'après avoir emprunté plusieurs corridors.

Lorsqu'elle s'immobilisa, essoufflée et épuisée, alors seulement elle regarda autour d'elle avec attention. Elle se trouvait dans un couloir immense. Les murs de granit, froids et uniformes, étaient percés de portes en bois de bonne facture. Certaines, bardées de renforts métalliques, semblaient abriter quelque richesse ou receler quelque secret bien gardé. L'endroit lui rappela soudain la forteresse d'Aman'thyr. L'espace d'une seconde, Luna se revit en train de batifoler avec Kendhal. Son cœur se serra, mais elle chassa volontairement ses doux souvenirs pour se concentrer sur le présent. Si elle n'était pas vigilante, elle ne reverrait peut-être jamais plus son ami.

Luna tendit l'oreille, concentrée. Aucun son ne lui parvint. Le silence était lourd, profond, absolu. Pas même un souffle d'air ne venait perturber la morbide quiétude qui régnait là. Cette tour était-elle déserte? Ou tous ses habitants s'étaient-ils donné rendez-vous ailleurs? Ce n'était pas qu'elle fût pressée de rencontrer des fantômes, mais cette solitude commençait à l'angoisser, tout comme le fait d'ignorer dans quelle tour elle avait atterri. Elle tenta de chasser ses idées noires. Avec un peu de chance, elle se trouvait peut-être déjà dans la tour des Sages, qui sait...

Résignée, elle se mit en route. Mais elle s'aperçut bientôt qu'il était fort difficile de s'orienter dans ce dédale de couloirs obscurs qui débouchaient parfois sur des salles immenses d'où partaient des dizaines de corridors et d'escaliers interminables. L'adolescente avançait au hasard en se laissant guider par son instinct.

À un certain moment, elle tenta d'ouvrir une des portes latérales. Elle n'était pas verrouillée. Luna poussa lentement le battant, mais ce qu'elle vit la dissuada d'entrer. Ou plutôt ce qu'elle ne vit pas. Car la pièce était plongée dans une noirceur si épaisse, si profonde qu'elle en paraissait même gluante, presque vivante. L'adolescente recula, horrifiée, et s'empressa de claquer la porte.

Un peu plus loin, elle retenta plusieurs fois l'expérience, mais les pièces, lorsqu'elles n'étaient pas complètement vides et donc sans intérêt particulier, se révélaient tellement étranges et déconcertantes que Luna préférait ne pas s'y aventurer. C'était comme si derrière chaque battant de bois se cachait un univers hostile et surprenant qui dépassait bien souvent les limites physiques imposées par la tour. Pourtant habituée aux prodiges, Luna parvenait difficilement à comprendre comment au cœur du palais des Brumes pouvaient se trouver un désert de sable rouge vif à la chaleur étouffante, un lac aux eaux noires et huileuses bordé de pins grimaçants, ou encore un paysage enneigé balayé par des tourbillons de flocons glacés.

Déconcertée, elle jugea préférable de s'abstenir d'ouvrir ces portes mystérieuses et elle se contenta d'arpenter les longs corridors et les vastes halls qui servaient de points de jonction.

Soudain, au détour d'un couloir, elle avisa une silhouette dégingandée qui venait dans sa direction. Elle s'arrêta net et déglutit avec difficulté tout en observant l'étrange personnage. On aurait dit un humain, mais Luna n'en était pas vraiment sûre. Le visage rentré dans ses épaules voûtées, l'échine courbée comme par le poids de la culpabilité, le type ne semblait pas l'avoir vue. Il cheminait en marmonnant d'inintelligibles paroles. Ses bras pendaient mollement le long de ses jambes, longues et maigres comme des échasses.

Lorsqu'il passa à côté de Luna, elle le dévisagea avec circonspection, prête à faire appel à son pouvoir s'il se montrait agressif. Mais le grand échalas l'ignora complètement, perdu dans ses pensées; il continua à proférer des propos dénués de sens.

L'adolescente songea un instant qu'elle était peut-être tombée dans la tour des Fous, ce qui finalement serait un moindre mal. D'après le schéma de Sthyrm, la tour des Fous se situait entre celle des Pleurs et celle des Monstres. Pour la prochaine étape, elle n'aurait pas droit à l'erreur!

Luna poursuivit sa progression pendant un temps qui lui sembla une éternité, traversant les salles vides, longeant les couloirs labyrinthiques et empruntant plusieurs escaliers, toujours en montant, dans l'espoir de tomber à un moment ou un autre sur une sortie. Mais cette tour ne semblait pas en posséder.

Bientôt, un sentiment de lassitude teinté de fatigue et de désespoir s'empara de Luna. Elle se laissa tomber sur une marche, au beau milieu d'un escalier à vis qui grimpait dans les ténèbres. Elle cachait son visage entre ses mains en étouffant un sanglot lorsque des éclats de voix lui firent dresser la tête. Là-haut, dans la cage d'escalier, deux personnes s'invectivaient violemment. Leurs propos arrivaient déformés par l'écho et la distance, mais Luna parvint à comprendre l'essentiel. Apparemment, l'un des types reprochait à l'autre sa présence dans cette tour. Il l'accusait d'être un monstre indésirable. Mais l'autre se défendait avec force cris et jurons, arguant qu'il était libre de ses faits et gestes, que toute sa vie il avait été brimé, jusqu'à ce qu'il se mette à égorger tous ceux qui se mettaient sur sa route; qu'il était hors de questions qu'il se plie à de stupides règles édictées par on ne savait qui; que, s'il avait envie de changer de tour, personne ne l'en empêcherait et surtout pas un stupide nain!

Il semblait furieux. Mais l'autre n'en démordait pas. D'après ce que Luna comprenait, le nain barrait à l'autre l'accès à une partie de la tour, mais elle eut un hoquet de stupeur en l'entendant menacer l'intrus d'appeler le Bouff'mort.

— Tu feras moins le malin quand il rongera tes entrailles, perforera ton cœur et brûlera ton âme ! hurla-t-il.

Mais l'autre éclata d'un rire gras.

— Ouais, c'est ça, appelle-le, ton Bouff'mort ! Mais sache que je ne crains personne. Ce n'est pas pour rien qu'on m'appelait l'Égorgeur, de mon vivant ! Même que si tu n'étais pas déjà mort, le nabot, je t'aurais déjà égorgé depuis longtemps.

Luna se demanda si les deux démons allaient se bagarrer, mais finalement l'intrus sembla se raviser et rebrousser chemin.

— Bah… je trouverai bien un autre moyen de passer. J'imagine que ce n'est pas le seul passage vers la tour des Sages !

À ces mots, Luna frémit. Apparemment ce dangereux individu cherchait à se rendre au même endroit qu'elle. Étrange coïncidence… Soudain, elle réalisa que les dernières paroles lui étaient parvenues plus nettes et plus fortes aussi. Elle comprit que l'homme descendait, droit dans sa direction. Son sang se glaça. Si ce type avait été un criminel de la pire espèce, il ne lui ferait pas de cadeau. Par malheur, dans cet escalier, Luna n'avait nulle part où se cacher.

Elle s'empressa de rebrousser chemin, tout en s'efforçant de faire le moins de bruit possible. Mais, derrière, l'homme était plus rapide qu'elle. Ses pas lourds se rapprochaient inéluctablement. Son souffle rauque et saccadé glissait vers elle, refroidissant déjà sa nuque. Luna se mit à dévaler les marches, terrifiée à l'idée de tomber entre ses mains. Mais le frottement de ses chaussures sur la pierre et son halètement affolé n'échappèrent pas au criminel qui s'arrêta pour tendre l'oreille.

— Eh, mais y'a quelqu'un en dessous! Ouais... Quelqu'un qui s'enfuit, même!

Sans attendre davantage, le monstre se jeta dans l'escalier en éclatant d'un rire mauvais. Luna s'interdit de ralentir. Au risque de se rompre le cou, elle accéléra sa descente infernale.

— Eh, attends, p'tit gars! gronda l'homme. N'aie pas peur! J'vais pas te faire de mal!

Pourtant, tout dans sa voix indiquait le contraire.

Luna tremblait de tous ses membres. Jamais elle n'avait eu aussi peur de toute sa vie. Mais la peur lui donnait des ailes. Ses pieds frôlaient à peine les marches qui tournaient à un rythme hallucinant. Lorsqu'elle jaillit enfin dans la salle, elle était complètement étourdie. Chancelante, elle s'élança vers l'une des quatre portes, choisissant au hasard celle de gauche. Avec un peu de chance, son poursuivant se dirigerait vers la mauvaise.

Mais c'était sans compter la vélocité de l'individu.

Luna avait à peine franchi le seuil de la porte qu'une masse compacte se jeta sur elle et la plaqua violemment au sol. Elle s'écrasa en étouffant un cri de douleur.

— Eh, mais, c'est mon jour de chance, on dirait! s'exclama le monstre. Une fille, c'est rare, par ici!

— Lâchez-moi, espèce de gros…

— De gros quoi? rugit l'autre en la relevant brusquement d'une seule main, serrée autour de son cou comme un étau. Hé, mais regardez-moi ça… Une elfe de lune! Par tous les démons des mille tombes! Qu'est-ce qu'une gamine comme toi a bien pu faire pour se retrouver dans ce trou?

Luna haletait, tétanisée, incapable de proférer la moindre parole ou même d'utiliser son pouvoir. Son esprit était complètement paralysé par la peur.

Le géant qui lui broyait la nuque était la créature la plus repoussante qu'il lui eût été donné de voir. Cet ancien humain avait perdu depuis longtemps toute trace d'humanité. Sur son visage ravagé par on ne sait quelles effroyables tortures, seuls les yeux étaient encore intacts. Mais la lueur qui y brillait n'avait rien de bienveillant. Luna n'y décela que folie, vice et haine.

Tout à coup l'homme enfonça son nez dans le cou de l'adolescente et prit une inspiration goulue. Au contact de cette peau molle et humide, Luna frémit d'horreur et de dégoût. Elle suffoqua, croyant sa dernière heure arrivée.

— Par les entrailles de ma mère, mais tu es… vivante ! faillit s'étrangler le monstre en la scrutant avec fascination.

Un affreux sourire tordit sa face repoussante.

— Je me disais, aussi, que ton odeur n'était pas normale, reprit-il. Ici, les gens puent la mort et la vermine. À force, on s'habitue, mais la couche de putréfaction dont tu t'es enduite artificiellement ne saurait tromper mon odorat subtil. Toi, tu es différente. Tu sens la vie !

Sa voix suintait d'avidité.

Luna crut que ses forces l'abandonnaient. Ce n'était pourtant pas le moment de flancher. Ce type était un fou dangereux. Il fallait qu'elle dise quelque chose, qu'elle gagne du temps afin de rassembler ses forces mentales.

— Tu sens la vie et la peur ! ajouta le type avec délectation. Tu as peur, n'est-ce pas ? Peur de moi ? De ce qu'on m'a fait subir, ou de ce que je vais te faire subir ? Hein, mignonne, qu'est-ce qui t'effraie le plus ?

— Votre… haleine, furent les premiers mots que Luna parvint à articuler.

Les yeux du meurtrier s'écarquillèrent de stupeur.

— Sale petite insolente ! rugit-il, rouge de colère. Je vais te faire passer l'envie de te moquer de moi ! Tu vas regretter d'être tombée dans les mains d'un monstre ! Parce que moi, les gamines dans ton genre, j'en faisais mon dessert !

Sa bouche s'ouvrit alors démesurément. Un trou sombre et profond où, plantés dans des gencives sanguinolentes, saillaient des chicots noircis.

Luna hurla en comprenant que ce fou furieux allait la dévorer vive.

Mais soudain quelque chose d'extrêmement rapide percuta le criminel. Sous la violence de l'impact, il en lâcha sa proie et alla s'écraser contre le mur du fond. Luna retomba lourdement sur le sol. Elle était sonnée, mais le choc avait eu l'avantage de lui faire retrouver ses esprits. Elle s'empressa de reculer. Si cette chose était le Bouff'mort, il ne ferait peut-être qu'une seule bouchée d'elle. Consciente que sa vie ne tenait qu'à un fil, elle se glissa jusqu'à la porte, mais, alors que son instinct lui hurlait de s'enfuir, la curiosité l'emporta. Elle se retourna. Ce qu'elle vit la stupéfia.

La chose qui avait attaqué son agresseur ne ressemblait pas au Bouff'mort, ou du moins pas à l'idée qu'elle se faisait de cette mystérieuse entité. De dos, on aurait dit un guerrier drow. Vêtu d'une armure argentée, il se tenait immobile face au monstre, jambes écartées, bras croisés. Une impression de puissance émanait de cet étrange personnage.

Mais, le plus curieux, c'était l'attitude du criminel. Lui, si sûr de sa force et de sa supériorité quelques secondes à peine auparavant, gisait à présent recroquevillé sur lui-même. Sa masse informe était secouée de tremblements convulsifs.

— Oh, seigneur, ce n'est pas ce que vous croyez ! commença-t-il d'une voix geignarde.

Luna retint son souffle.

Si son agresseur appelait le drow seigneur et qu'il le craignait autant, ce guerrier devait être encore plus redoutable et cruel encore que n'importe lequel des monstres. Le cerveau de Luna lui hurla qu'il était grand temps de fuir. Pourtant elle n'esquissa pas un mouvement.

— Je vous en supplie, maître, soyez clément… Je voulais juste m'amuser un peu et…

— Suffit ! Tes jérémiades me fatiguent, Sylas ! Disparais d'ici et retourne dans ta tour !

Luna cessa de respirer. Un courant glacé traversa son corps. Elle connaissait cette voix!

Sous ses yeux médusés, le géant défiguré souleva difficilement sa carcasse imposante et quitta la pièce d'un pas lourd, comme rempli de honte. Alors seulement le guerrier se retourna vers Luna qui reçut le choc de sa vie.

— Halfar… murmura-t-elle, livide.

11

Halfar se figea, les yeux écarquillés.

— Luna ? Par tous les dieux, c'est bien toi ?

Sans attendre, le jeune homme se précipita bras ouverts vers sa cousine pour la serrer contre lui avec chaleur. Luna, trop abasourdie pour réagir, se laissa faire. Quand Halfar la lâcha enfin, ses yeux noirs étaient humides et sa voix tremblait.

— Oh, Luna, que t'est-il arrivé ? Raconte-moi tout ! Est-ce un accident ou est-ce que quelqu'un t'a… ? Et pourquoi es-tu ici ? Jamais tu n'aurais dû te retrouver à Outretombe, même dans la tour des Remords. Ta place est au royaume des dieux, parmi les anges.

Lorsque Luna comprit la méprise de son cousin, elle secoua vivement la tête et l'interrompit :

— Halfar, non, ce n'est pas du tout ce que tu crois ! Rassure-toi, je ne suis pas morte.

L'adolescent soupira et posa une main bienveillante sur son épaule.

— Je sais que c'est difficile à accepter. Moi aussi, au début, je me croyais encore en vie. Mais les esprits qui peuplent cet endroit m'ont vite expliqué de quoi il en retournait.

— Mais, Halfar, je te jure que je suis vivante et que…

— Chut, Luna ! insista Halfar en déposant un doigt sur ses lèvres. Nier ne sert à rien. Raconte-moi plutôt tes derniers souvenirs, que nous tâchions d'y voir plus clair sur les circonstances de ton trépas.

Cette fois, c'en fut trop. Luna se dégagea brusquement et fixa son cousin avec colère.

— Enfin, Halfar, tu vas m'écouter, cornedrouille ! Je suis ici en mission ! C'est un nécromancien qui m'a aidée à pénétrer dans le palais des Brumes. Et c'est précisément pour cette raison que le démon que tu as chassé s'en prenait à moi. Il disait que je sentais la vie. Sans ton intervention musclée, il m'aurait bel et bien tuée !

Halfar ouvrit la bouche, incrédule. Puis il huma l'air comme pour percevoir les effluves de sa cousine, mais son odorat n'était apparemment pas aussi développé que celui du géant, car il finit par hausser les épaules.

— Je n'arrive pas à y croire, murmura-t-il simplement. C'est impossible !

— Pas si impossible que ça, puisque je suis en face de toi. Mais tu serais arrivé quelques minutes plus tard, c'est mon cadavre que tu aurais trouvé. Ce monstre s'apprêtait à m'égorger.

Un éclair de fureur passa dans le regard sombre du jeune homme.

— Tu ne crois pas si bien dire. Sylas est effectivement un monstre, de ceux qui vivent dans la tour qui porte leur nom. Et il n'a absolument rien à faire ici ! C'est pour cela que je rôde régulièrement à cet étage. Je veille à ce que des types comme lui ne franchissent pas la passerelle qui mène à la tour des Sages.

Luna sentit une vague d'espoir l'envahir.

— Si j'ai bien compris, nous sommes dans la tour des Remords, entre celle des Meurtriers et celle des Sages. C'est bien ça ?

— Exactement. Et c'est dans cette partie du palais que je vis depuis… depuis que je suis mort.

Luna hocha la tête avec circonspection avant de reprendre :

— Dis, il y a une chose qui m'intrigue. Si ce type est un fou sanguinaire, comment expliques-tu qu'il ait eu aussi peur de toi. Dès qu'il t'a vu, il s'est mis à trembler comme une feuille et, lorsque tu lui as ordonné de partir, il a obéi sans rechigner. Il t'a même appelé seigneur. Étrange, non?

Halfar se caressa le menton, visiblement embarrassé.

— C'est sans importance, finit-il par dire en balayant l'air. Explique-moi plutôt ce que tu es venue faire ici.

— Halfar! Au cas où tu ne l'aurais pas remarqué, je ne suis plus une petite fille. J'ai grandi et on n'élude pas mes questions aussi facilement. Je veux savoir!

À sa grande surprise, le drow éclata de rire.

— Eh bien, tu as beau avoir grandi, tu es toujours aussi têtue, à ce que je vois.

— J'attends! fit Luna sans ciller.

— Bon, d'accord, d'accord, je vais tout te raconter, mais après tu me confieras pourquoi tu es venue à Outretombe.

— Promis! déclara l'adolescente dans un sourire éclatant.

Son cousin entoura son épaule d'un bras protecteur et l'entraîna vers une autre salle tout en parlant:

— En fait, le temps s'écoule très lentement, ici. Je me demande même si on peut parler de temps, puisque nous sommes censés rester cloîtrés ici pour l'éternité. Mais nous autres, esprits, tournons souvent en rond. À part nous morfondre et ressasser nos erreurs passées, nous sommes fort désœuvrés. Pour remédier à cet inconvénient, j'ai inventé le moyen de pimenter notre séjour.

— Comment cela ?

— En faisant des tournois ! J'ai mis à profit mon expérience d'ancien gladiateur pour organiser des duels entre esprits. Il s'agit de combats au corps à corps, puisque les armes ne peuvent nous blesser, qui ont pour but de prouver à son adversaire sa supériorité. Le perdant doit obéissance et respect au gagnant. Or, il se trouve que j'ai battu Sylas il y a quelques jours de cela, ou quelques semaines… impossible de savoir, ici.

— Oh, je vois. Donc, ce monstre t'appellera seigneur l'éternité durant ?

— En effet, à moins qu'il ne veuille un jour sa revanche. Mais je doute qu'il possède un tel courage.

Son rire communicatif atteignit Luna qui ne put s'empêcher de pouffer à son tour. Halfar s'immobilisa et observa sa cousine avec émotion.

— Que je suis content de te revoir ! susurra-t-il. Tu m'as tellement manqué.

— Toi aussi, tu m'as manqué.

— Si tu savais à quel point j'ai regretté l'affreux tour que je t'ai joué en te laissant seule avec cette drow, Assyléa, je crois ! C'était complètement stupide et immature de ma part. Je n'aurai pas assez de l'éternité pour expier ma faute.

— Tu exagères, Halfar ! Ce n'était pas une blague intelligente, certes, mais je m'en suis sortie. N'est-ce pas l'essentiel ?

Le jeune drow acquiesça en silence et déposa furtivement un baiser sur la joue claire de sa cousine avant de lui prendre la main et de se remettre en marche. Cette marque d'affection surprit Luna, mais elle cacha son trouble et suivit sans rien dire.

— Bon, alors, raconte-moi en quoi consiste ta mission. Je suis curieux de le découvrir. Avec un peu de chance, je vais même pouvoir t'aider !

— J'espère bien ! s'enthousiasma Luna.

Elle reprit tout depuis le début, expliquant comment sa sœur, matrone Sylnor, avait fait appel à leur grand-père paternel, nécromancien réputé, pour détruire l'esprit de Ravenstein. La forêt actuellement sans protection se trouvait donc à la merci des troupes drows qui risquaient de déferler d'un moment à l'autre comme un raz de marée. Tous les habitants de Laltharils s'attendaient au pire.

— Or, il se trouve que ce maudit nécromancien est revenu à Outretombe pour terminer son œuvre destructrice. D'après l'esprit de Wiêryn, Hérildur est en danger. Halfar, il faut absolument que tu m'aides à le trouver et à le sauver.

Elle sentit dans sa paume la main d'Halfar se crisper. Il s'arrêta brusquement.

— Non, Luna. Je ne t'aiderai pas.

L'adolescente sursauta, abasourdie devant la froideur soudaine de son cousin. Elle crut avoir mal entendu et plissa les yeux en quête d'une explication. Mais Halfar n'ajouta rien.

— Tu ne veux pas m'aider à trouver grand-père? répéta Luna en détachant chaque syllabe.

— Je suis désolé, mais cela m'est impossible. Strictement impossible, enchaîna Halfar en baissant les yeux.

Alors, Luna comprit. Elle se rappela les confidences d'Ambrethil et l'horrible crime dont son cousin s'était rendu coupable. Le poids de la culpabilité l'avait envoyé directement dans la tour des Remords où il passerait l'éternité à regretter le geste impardonnable qui avait mis fin aux jours d'Hérildur.

Luna hésita à lui révéler qu'elle connaissait toute l'histoire, se demandant comment il réagirait. Mais, devant son mutisme, elle finit par se lancer.

— Je suis au courant.

Halfar releva les yeux et les braqua vers elle. La douleur qu'elle y lut la laissa sans voix.

— Matrone Zélathory m'a poussé à commettre le plus odieux des actes, fit-il dans un souffle. Tu te rends compte, Luna, que j'ai assassiné de mes propres mains le plus grand roi que Laltharils ait jamais connu, mon propre grand-père et le tien aussi. Ce que j'ai fait est monstrueux. Jamais je ne m'en remettrai. Jamais!

Luna lui caressa la joue d'un geste qu'elle voulait réconfortant, mais le garçon s'écarta.

— Je ne mérite pas ta pitié, Luna!

— Arrête de dire n'importe quoi! se fâcha l'adolescente. Je n'ai absolument pas pitié de toi, bigrevert! Tout ce que je veux c'est que tu regardes l'avenir.

— Je n'ai plus d'avenir! Seulement un passé jalonné d'erreurs qui reviennent me hanter et qui ne me laissent pas une seconde de répit. Je ne compte plus le nombre de fois où je revois ma main meurtrière s'enfonçant dans la poitrine écarlate de grand-père. Cette image, je ne la supporte plus et je devrai pourtant vivre avec toute l'éternité ! Tu comprends ?

— Rien n'est inéluctable ! Laisse le passé derrière toi. Je t'offre la possibilité de te racheter. Il ne fait aucun doute qu'Hérildur te pardonnera. Alors, tu pourras quitter cette tour.

— Mais je n'ai pas le droit de partir d'ici, Luna ! C'est mon châtiment. Inévitable et éternel. Je dois payer pour tous mes crimes.

— Cesse de dire des inepties ! s'écria Luna, furieuse. Tu as payé. De ton sang ! Tu es mort. Depuis deux ans !

Halfar se mit à secouer frénétiquement la tête comme pour éviter d'entendre ce que Luna lui disait, mais celle-ci plaqua ses mains sur les joues noires du garçon.

— Halfar, tu ne le sais peut-être pas, mais c'est ton propre père qui t'a tué ! Ensuite, pour expier sa faute et te venger, Sarkor est allé assassiner sa sœur, matrone Zélathory. Il n'y a pas survécu, mais il a obtenu la rédemption. Il a rejoint ta mère au royaume des dieux. Sarkor et Amaélys sont maintenant des anges. Pourquoi refuses-tu ton unique chance de les rejoindre ?

— Parce que ce serait trop facile et que je ne suis pas un lâche ! rugit Halfar en échappant à l'étreinte de Luna. Je mérite ce que j'endure.

L'adolescente croisa les bras et scruta son cousin avec colère.

— Si je comprends bien, tu vas rester ici à te morfondre pendant toute l'éternité, alors que tu as une chance de te racheter et de devenir un ange à ton tour ?

— Exactement !

— Non, mais quel gâchis ! s'emporta-t-elle. Tu disais que j'étais têtue, mais toi, tu es l'être le plus obtus et le plus égoïste que je connaisse ! Je comprends que tu souffres, mais on dirait que tu te complais dans ta douleur, et ça, je ne peux pas l'admettre. Adieu, Halfar, je crois que nous n'avons plus rien à nous dire !

Sans un regard pour son cousin, Luna pivota et s'enfonça dans le couloir derrière elle. Halfar la regarda s'éloigner, une sensation de vide atroce dans la poitrine. Son orgueil démesuré l'empêcha de courir la rejoindre. Pourtant, avant qu'elle ne disparaisse au coin du couloir, il lui cria :

— La porte de la tour des Sages se trouve au prochain croisement, à droite !

Luna enregistra l'information, mais ne prit pas la peine de se retourner. Les poings serrés de rage, elle poursuivit sa route.

Seul dans l'obscurité, Halfar s'effondra et fondit en larmes. Les premières qu'il versait depuis son arrivée au palais des Brumes.

12

L'aube commençait à peine à éclaircir le voile du ciel quand les bataillons orques quittèrent le camp. Leurs chefs avaient été fort surpris lorsque matrone Sylnor les avait convoqués quelques heures auparavant pour leur donner l'ordre de partir en éclaireurs. Mais c'était un trop grand honneur pour refuser. La matriarche savait que les orques étaient d'excellents pisteurs et que, si des elfes se cachaient dans cette région boisée au relief accidenté, il ne leur resterait pas longtemps à vivre. Conscients de leur supériorité physique et numérique – après les drows, c'était les orques les plus nombreux –, ils exultaient. Ils allaient enfin pouvoir démontrer leur bravoure et leur férocité légendaires. Ouvrir la route aux autres races, trop timorées, serait pour eux un jeu d'enfant.

Garuck-Nor-Hoï était l'un des chefs orques. Grand et fort, il arborait fièrement les couleurs de son clan sur sa cuirasse de cuir bouilli et sur son casque d'acier. Le noir symbolisait leur exil à Rhasgarrok et le rouge, le sang versé pour y parvenir. Ses canines proéminentes étaient presque aussi longues que celles du tigre qu'il avait tué jadis et qui ornaient maintenant son collier porte-bonheur. Car les orques, malgré leur apparence de rustres mal dégrossis, avaient des croyances très complexes qui débouchaient souvent sur des superstitions tenaces. Garuck-Nor-Hoï, par exemple, était convaincu que sa force extraordinaire et sa rapidité provenaient uniquement de l'animal qu'il avait sacrifié. Pour rien au monde il ne se serait séparé de son précieux talisman, ni des cornes d'aurochs qui pointaient de chaque côté de son casque, ni des serres d'aigle qui perçaient ses lobes d'oreille, ni du scalp d'un sorcier drow qui se balançait le long de sa cuisse et encore moins des crânes de nains qui pendaient au bout de son arme fétiche, un fléau de guerre.

Ainsi paré, Garuck-Nor-Hoï avançait fièrement en tête du cortège. C'était matrone Sylnor en personne qui lui avait attribué ce rôle de guide, jugeant que son bataillon était le mieux préparé, le plus organisé et le plus puissant. Il faut dire que les orques qu'il commandait lui obéissaient au doigt et à l'œil et surpassaient tous les autres en férocité. De véritables machines de guerre. S'ils rencontraient des éclaireurs ennemis, ils les massacreraient jusqu'au dernier, ne leur laissant aucune chance de prévenir les leurs. Cette pensée arracha un sourire goguenard à Garuck-Nor-Hoï. Nul doute que, s'il sortait vivant de cette guerre, la matriarche drow saurait le récompenser comme il le méritait. Peut-être même lui octroierait-elle le droit d'ouvrir l'arène de gladiateurs dont il rêvait depuis tant d'années.

Cela faisait déjà deux heures qu'ils progressaient entre les chênes et les hêtres, contournant les collines et traversant les ruisseaux avec une relative discrétion – matrone Sylnor leur avait interdit d'emporter leurs tambours – quand Garuck-Nor-Hoï repéra l'odeur caractéristique d'un feu de camp. Ses narines disproportionnées s'ouvrirent démesurément pour happer les effluves suspects. Sans prononcer une parole, il fit signe à ses hommes de le suivre. Ils ne tardèrent pas à découvrir, à moins d'une lieue de leur route, les restes d'un campement rudimentaire.

— D'après les marques sur le sol, ils devaient être quatre. Quatre elfes de lune, tant ça pue! gronda Garuck-Nor-Hoï en grimaçant.

— Ils étaient à pied, car je ne vois aucune trace de chevaux, chef! ajouta son second.

— Hum, les cendres sont encore chaudes. Ils sont partis il y a moins d'une heure, reprit Garuck-Nor-Hoï. Nous allons vite les rattraper! Allez, au pas de course, les gars!

Les orques ne se le firent pas répéter deux fois et suivirent leur chef dans une course effrénée. Guidés par leur odorat, la centaine de guerriers se ruèrent dans les sous-bois comme un troupeau affolé, écrasant les fougères, piétinant les arbustes, dévastant tout sur leur passage.

Garuck-Nor-Hoï brandissait déjà son fléau, pressé d'en découdre. Il savait que l'ennemi n'était pas loin. La piste était toute fraîche. Ces stupides elfes argentés leur avaient même facilité la tâche en abandonnant ici ou là une torche, un restant de galette rassise et même une sandale. «Trop facile», songea Garuck-Nor-Hoï.

Peu à peu, la végétation se fit moins dense et les rochers, plus hauts. Le chef des orques poursuivit sa route, sans se préoccuper du relief qui formait à cet endroit une sorte de couloir qui allait en rétrécissant. Il courait sans faiblir, aveuglément, bondissant sur les pierres saillantes et manquant de déraper à chaque virage, tant il allait vite. Aussi vite qu'un tigre. Aussi fut-il extrêmement surpris de se retrouver bientôt face à une immense falaise. Il ralentit et s'immobilisa, trop abasourdi pour réagir. Mais les guerriers qui le suivaient tardèrent à comprendre qu'il s'agissait d'un cul-de-sac et vinrent s'entasser dans l'espace confiné, provoquant une cohue sans précédent. Garuck-Nor-Hoï eut juste le temps de sauter sur un rocher pour éviter d'être écrasé par ses propres hommes.

— Assez! Assez! hurla-t-il en faisant de grands gestes. Nous nous sommes trompés de chemin. Demi-tour!

Mais ses guerriers ne l'entendaient pas. Trop occupés à se relever, à bousculer ceux qui les piétinaient encore, à injurier les autres, ils ignoraient les ordres de leur chef qui se démenait, juché sur son promontoire. Jamais Garuck-Nor-Hoï n'avait connu pareil désordre ni pareille honte. Pourtant le pire restait à venir.

Car, imitant ce chef plein de fougue, deux autres chefs de guerre avaient entrepris de le suivre, conduisant eux aussi leur bataillon dans cette combe sans issue. Ce furent finalement plus de trois cents guerriers orques en colère qui se retrouvèrent bientôt agglutinés, gesticulant et vociférant comme des bêtes dans cet espace réduit.

Garuck-Nor-Hoï enrageait.

— Demi-tour! fulmina-t-il. Faites demi-tour, bande d'imbéciles! Allez, tous en…

Ses mots moururent sur ses lèvres épaisses. Un carreau d'arbalète venait de se ficher dans son cou, le décapitant presque. Ses yeux s'écarquillèrent de stupeur. Il venait seulement de comprendre qu'ils étaient tombés dans un traquenard. Un flot de sang jaillit de sa bouche, pendant que son corps massif tombait sur ses hommes en contrebas.

Alors, le silence se fit.

Mais il était trop tard pour les orques. Une pluie de flèches, de boules de feu, de piques de glace et d'éclairs de foudre s'abattit sur eux sans qu'ils puissent esquiver les projectiles ni riposter. Aucun orque ne maîtrisait en effet ni l'art des armes à distance ni la magie de guerre. Leurs haches, sabres, fléaux et autres gourdins ne leur étaient là d'aucune utilité. Les derniers arrivés tentèrent de s'échapper en rebroussant chemin, mais ce fut en vain. L'étroit goulet faisait d'eux des cibles faciles. Ils tombèrent les uns après les autres.

Le massacre fut complet.

En haut des falaises escarpées, l'escadron mené par Darkhan se félicita d'un tel succès.

Les renforts étaient arrivés à temps pour organiser cette attaque-surprise savamment orchestrée par les sentinelles. Cette victoire leur redonnait espoir et ils espéraient que leurs amis soient également venus à bout des autres bataillons orques. En effet, le relief de la région se prêtait parfaitement à ce genre de piège, élémentaire, mais efficace. Même s'ils savaient leurs adversaires très supérieurs en nombre, leur bêtise en faisait finalement des proies faciles à berner.

Mais la guerre ne faisait que commencer. Darkhan et ses hommes allaient à présent devoir reculer plus au sud afin de tendre d'autres pièges et de limiter le nombre d'ennemis qui déferleraient inéluctablement sur Laltharils.

Ce qu'ils ignoraient, c'était que plus d'un millier de gobelins enragés comme des hyènes avaient été lâchés derrière les orques, qu'autant de nains accompagnés d'inquiétantes créatures contournaient les contreforts des montagnes Rousses par l'est, pendant que les bataillons de trolls et les troupes humaines progressaient vers l'ouest.

Le plan de matrone Sylnor était effectivement d'utiliser les races qu'elle jugeait inférieures pour attaquer sur plusieurs fronts à la fois et supprimer le maximum d'elfes. Et tant pis s'ils mouraient tous au combat. Ou plutôt, tant mieux! Lorsqu'elle rentrerait victorieuse à Rhasgarrok, elle serait enfin débarrassée de ces scories qui souillaient sa ville.

13

Luna ne décolérait pas. Elle n'avait toujours pas digéré qu'Halfar refuse de l'aider. Sa honte d'avoir assassiné son propre grand-père et ses remords étaient-ils à ce point intenses qu'ils l'empêchaient de partir à la recherche d'Hérildur? Pourtant, Luna aurait bien eu besoin d'un guide, dans ce labyrinthe de corridors sans fin, de portes closes, de salles vides… D'un guide et d'un ami. Hélas, elle n'avait pu convaincre son cousin de l'accompagner.

L'adolescente soupirait de dépit lorsqu'elle arriva au bout du couloir que lui avait indiqué Halfar. Une double porte en bois, renforcée par d'épaisses barres de fer, s'élevait devant elle. Elle savait que derrière se mouvait la brume vaporeuse dans laquelle flottait le palais. L'idée de s'aventurer sur une passerelle au milieu de ce brouillard menaçant ne l'enthousiasmait pas, mais elle n'avait guère le choix.

La porte grinça sur ses gonds lorsque Luna la poussa. Dehors, tout était gris, cotonneux, immobile et silencieux. En retenant son souffle, la jeune fille s'aventura sur le pont de pierre et s'enfonça lentement dans les nappes blanchâtres. De chaque côté de l'aérienne passerelle, des parapets sculptés l'empêchaient de tomber dans l'abîme sans fond. Devant elle se dessinaient peu à peu les contours imprécis de la tour des Sages.

À mi-parcours, Luna eut la curieuse impression que la brume se faisait moins compacte, plus aérée, comme moins hostile, et elle commença à reprendre courage. Elle osa même jeter un coup d'œil sur sa droite, dans l'espoir d'apercevoir la septième tour. Quoi qu'en pensât Sthyrm, l'adolescente était convaincue de son existence. Pourtant elle ne distingua absolument rien qui ressemblât à un quelconque édifice. Tout à coup, une forme sombre et imprécise surgit au loin, noyée dans le brouillard. Tel un animal aux aguets, elle sembla bondir sur une invisible proie avant de disparaître totalement, comme happée par l'infiniment gris du ciel.

Luna tressaillit. Était-ce à nouveau cette repoussante créature munie de tentacules qu'elle avait aperçue sur la terrasse? Était-ce le fameux Bouff'mort? Son cœur se mit à tambouriner dans sa poitrine et, effrayée, elle s'élança en direction de la porte massive qu'elle apercevait maintenant avec plus de netteté. Elle avala les derniers mètres en courant comme une folle et profita de son élan pour pousser le battant de la porte qui ne résista pas.

Haletante, elle claqua violemment la porte derrière elle et s'y adossa comme pour s'assurer qu'aucun monstre de brume ne la suivrait ici. Elle soupira de soulagement. Dans cette tour, au moins, elle devrait être en sécurité. Les esprits qui vivaient entre ces murs étaient tous des Sages. À moins qu'elle ne tombe sur un intrus…

Dès qu'elle fut moins essoufflée, Luna se remit en route, désireuse de trouver Wiêryn au plus vite. Sa déception fut immense lorsqu'elle constata que cette tour ne se distinguait en rien de la précédente. Les mêmes couloirs désertiques, les mêmes halls abandonnés, les mêmes portes latérales. La seule différence était ces sculptures magnifiques qui ornaient chacune des portes comme autant de symboles correspondant à leurs occupants. Plusieurs fois elle fut tentée de jeter un coup d'œil derrière, mais elle renonça finalement à jouer les curieuses.

Elle commençait à désespérer de trouver quelqu'un dans ces murs lorsque des échos de voix lui parvinrent. Luna tendit l'oreille et se dirigea en silence dans leur direction. Cette fois, les esprits semblaient bavarder joyeusement et des éclats de rire émaillaient leur discussion.

Au tournant d'un virage, elle s'immobilisa. Ils étaient là, juste derrière, apparemment au nombre de trois. L'un d'entre eux racontait une anecdote amusante à ses interlocutrices qui riaient de bon cœur.

L'adolescente entreprit de regarder discrètement à quoi ressemblaient ces esprits. En retenant son souffle, elle laissa dépasser le bout de son nez et en resta bouche bée.

Si celui qui parlait semblait humain – un magicien, en déduisit Luna, eu égard à sa robe bleu marine parsemée d'étoiles argentées – les deux autres avaient une apparence pour le moins extraordinaire. L'une des femmes avait un visage reptilien dont les écailles multicolores luisaient sous la lumière des flambeaux. Luna remarqua que lorsqu'elle riait une langue bifide jaillissait entre les lèvres minces. Si ses yeux étonnamment fixes semblaient aussi froids que la pierre, en revanche sa voix sifflante était curieusement douce. Quant à la deuxième femme, elle était minuscule, pas plus grande qu'un bras, en vérité, et elle flottait dans les airs grâce à quatre ailes translucides. De son corps fin et gracile émanait un halo lumineux et scintillant. Luna ne pouvait apercevoir son visage, mais sa voix flûtée et son rire cristallin la charmèrent instantanément.

— Mes amis, il semblerait que nous ayons de la visite! déclara brusquement la femme à tête de lézard en braquant son regard dans la direction de Luna qui s'empressa de se dissimuler à nouveau. Allez, jeune fille, sors de là! Ne t'a-t-on jamais appris qu'il est très impoli d'espionner les gens?

Toujours cachée, Luna déglutit avec peine, rouge de honte.

— Zcurtza, ne sois pas si sévère! la réprimanda la minuscule créature. Nous lui avons peut-être fait peur.

L'homme ne put s'empêcher de pouffer de rire.

— Voyons, Lya, le jour où toi tu feras peur à quelqu'un, je veux bien être changé en pierre!

— Très drôle! ironisa la petite créature d'une voix chantante avant de lancer à la cantonade. Allez, montre-toi! Nous n'allons pas te manger!

Cette fois ce fut au tour de Zcurtza de s'esclaffer, mais Lya lui coupa l'herbe sous le pied.

— Bon, ça va, vous deux! C'était juste une expression!

Leur bonne humeur rassura Luna qui finit par se montrer. Lorsqu'elle s'avança vers eux d'un pas décidé, les rires des trois amis cessèrent immédiatement. Leurs yeux écarquillés indiquaient clairement leur surprise.

— Par tous les saints! s'exclama l'humain. Une elfe de lune!

— Ça alors! s'écria la dénommée Zcurtza. Ne dirait-on pas qu'elle ressemble à… à Hérildur?

— C'est normal, je suis sa petite-fille, Sylnodel! révéla Luna en arrivant à leur niveau.

La nouvelle sembla stupéfier les trois esprits qui échangèrent des regards intrigués. Soudain, la minuscule fille agita ses ailes, ce qui produisit un nuage de poudre scintillante, et se planta devant Luna. Ses traits étaient d'une délicatesse incroyable. Elle était magnifiquement belle. Mais une expression d'infinie tristesse ternissait ses yeux émeraude.

— Pauvre bichette! s'apitoya-t-elle. Mourir aussi jeune, quelle tragédie!

— Non, ce n'est pas ce que vous croyez! la tempéra Luna. Je suis toujours vivante, mais l'esprit de Wiêryn m'a demandé de l'aide. J'ai fait appel à un nécromancien pour atteindre le palais des Brumes.

— Vivante! répéta Zcurtza avec admiration.

— Wiêryn? reprit l'humain avec étonnement.

— Un nécromancien! suffoqua Lya sans cacher son dégoût.

— Oui, mais je n'avais pas le choix. Un autre nécromancien nommé Askorias est venu ici il y a quelques jours et il s'en est pris à Ravenstein. J'ignore ce qu'il lui a fait subir, mais sa résonance mystique a complètement disparu.

— Nous sommes au courant, affirma Zcurtza avec gravité.

— Notre forêt désormais sans protection risque d'être la proie de hordes de drows assoiffés de sang. Seul mon grand-père peut peut-être nous aider, mais il semble qu'il ait disparu à son tour. Wiêryn soupçonne Askorias d'être revenu.

— C'est vraiment terrible! grommela le magicien en se grattant le menton.

— Oui, nous ignorions que ce maudit mage noir était de retour et qu'il s'en était pris à Hérildur, ajouta la femme lézard, visiblement très affectée. Pourquoi Wiêryn ne nous a-t-elle rien dit?

Luna haussa les épaules en signe d'ignorance.

— Elle m'avait promis de mener l'enquête en m'attendant. Peut-être n'a-t-elle pas eu le temps de vous prévenir. Pourriez-vous me conduire jusqu'à elle ?

— Pas de problème ! s'exclama aussitôt la toute petite Lya en agitant frénétiquement ses ailes sous le nez de l'adolescente. Viens, suis-moi !

Luna ne se le fit pas répéter deux fois et, après avoir salué les deux autres esprits, elle s'élança derrière la traînée brillante que laissait la créature ailée dans son sillage. Subjuguée par sa grâce et sa légèreté, elle ne la quittait pas des yeux et se laissa guider en toute confiance dans les méandres de la tour. Soudain, n'y tenant plus, elle osa poser la question qui lui brûlait les lèvres :

— Excusez-moi, Lya, je vais peut-être me montrer fort impolie, mais je n'ai jamais rencontré personne d'aussi minuscule que vous. À quelle race appartenez-vous ?

La créature ailée s'arrêta pour se retourner.

— Je suis une fée, bien sûr !

Luna haussa un sourcil, surprise. Jamais elle n'avait entendu personne mentionner l'existence de fées. Les informations de Lya l'étonnèrent encore davantage.

— Je vivais il y a longtemps sur l'île de Tank'Ylan avec mon clan. Isolées du reste du monde, mais heureuses, nous coulions nos jours en paix et en totale harmonie avec la nature, jusqu'au jour où d'horribles créatures sorties de l'océan nous ont attaquées. En quelques heures seulement ces monstres ont exterminé mes sœurs. Elles sont toutes devenues des anges, mais moi, en tant que guérisseuse supérieure, j'ai préféré rester ici pour veiller sur les autres clans depuis l'au-delà.

— Oh, je comprends, acquiesça Luna qui avait décidément quelques difficultés à accepter que tous les habitants du palais des Brumes fussent bel et bien morts. Vous essayez d'empêcher ces… monstres marins de revenir ?

— Tant bien que mal car, maintenant qu'ils ont découvert notre trésor, ces êtres malfaisants ne nous laisseront jamais en paix. Les fées vivent dans la crainte, depuis leur attaque.

— Votre trésor…

Mais, comme la fée se mordait déjà la lèvre, consciente d'en avoir trop dit, Luna s'empressa d'orienter la conversation sur un sujet moins délicat.

— Dites, à vous entendre, on pourrait croire que vous n'êtes que des filles. C'est le cas ?

— Absolument ! s'esclaffa Lya, visiblement soulagée de passer à autre chose. Oh, je vois, tu te demandes comment nous faisons pour… nous reproduire, n'est-ce pas ? Eh bien, si tu restes plus longtemps parmi nous je te révélerai peut-être notre secret, mais, comme nous voici arrivées chez Wiêryn, nous en resterons là pour l'instant.

Selon un rythme codé, la fée frappa à la porte devant laquelle elles étaient parvenues, avant de se tourner vers Luna.

— Je suis ravie d'avoir fait ta connaissance, Sylnodel. Bonne chance à toi et, si tu as besoin d'aide, tu sais où nous trouver !

Luna eut à peine le temps de hocher la tête qu'il ne resta plus de l'étrange créature qu'un nuage de paillettes scintillantes. Elle se faisait intérieurement la réflexion qu'elle serait bien incapable de revenir sur ses pas sans guide lorsque la porte s'ouvrit d'un coup. L'adolescente peina à cacher sa stupéfaction.

De Wiêryn, elle ne connaissait que la voix. Une voix volontaire, mais agréable. Jamais elle n'aurait imaginé que l'esprit de la forêt de son enfance pût avoir une telle apparence. En face de Luna se tenait une créature extrêmement déconcertante, qui ressemblait davantage à un tronc recouvert de mousses qu'à un être vivant. Mais, le plus curieux, c'était l'inconsistance de ce vieux morceau de bois. On aurait dit le fantôme d'un très vieil arbre.

— Tu es sans doute Sylnodel ? s'enquit l'être éthéré sans s'offusquer de l'étonnement de la jeune fille. Entre donc, nous serons plus tranquilles à l'intérieur pour discuter.

Luna obéit, mais elle s'immobilisa aussitôt, subjuguée par l'incroyable décor qui se cachait derrière la modeste porte en bois. Elle comprit alors que c'était tout l'univers du défunt qui avait été fidèlement reconstitué et il devait en être ainsi pour toutes les autres portes qu'elle avait ouvertes.

Devant ses yeux émerveillés, la forêt de Wiêryn s'étendait à perte de vue, avec ses arbres roussis, le chant des oiseaux et le doux bruissement des feuilles sous la brise. L'adolescente se crut de retour dans l'univers de son enfance.

— Tu sembles surprise, remarqua Wiêryn. Ton grand-père ne t'avait donc pas prévenue ?

— De quoi ?

— Que chaque esprit vit dans un espace façonné à son image.

— Non ! En réalité, nous ne parlions jamais du palais des Brumes. C'est vraiment fabuleux, j'ai l'impression d'être revenue des années en arrière.

Elle avait la gorge nouée par l'émotion. Les yeux remplis de larmes, elle fit quelques pas timides dans la forêt. Pour un peu, elle se serait attendue à ce que Zek et Shara, le couple dominant de la meute de loups qui l'avait adoptée, surgissent de derrière un fourré. Mais l'esprit la ramena brutalement à la réalité.

— Je suis contente que tu sois ici, Sylnodel. Sache qu'en t'attendant j'ai fait d'importantes découvertes.

— Oh, lesquelles? demanda Luna en s'arrachant à sa nostalgie.

— Figure-toi qu'en arpentant les couloirs de notre tour à la recherche d'indices concernant ton grand-père, je suis tombée sur un urbam.

— Un urbam! Mais qu'est-ce qu'un être aussi malfaisant fabriquait dans la tour des Sages?

— Ce fut aussi ma question. Tu te doutes bien que je ne l'ai pas laissé filer. Je me suis précipité sur lui afin de sonder son esprit. J'ai bien fait! Cet urbam n'est autre que l'ancien serviteur d'Askorias. C'est lui qui l'a guidé jusque chez Ravenstein en échange d'une fiole de sang frais. Les démons en raffolent. J'ai également découvert que le nécromancien était rentré à Rhasgarrok juste après avoir neutralisé notre ami. Je crains qu'il n'ait emporté son essence psychique là-bas.

— Ce qui veut dire?

— Que Ravenstein est prisonnier du nécromancien et que son âme ne regagnera jamais plus Outretombe. C'est ce qui peut arriver de pire à un esprit.

— On ne peut donc plus rien faire pour le sauver?

— Non. Ravenstein est définitivement perdu.

Luna soupira, les larmes au bord des yeux, quand une pensée affreuse s'imposa à elle.

— Croyez-vous qu'Askorias a fait subir le même sort à Hérildur?

— Non. Le cerveau de l'urbam m'a appris qu'Askorias était bien revenu ici dans le but de nuire à ton grand-père, mais, la bonne nouvelle, c'est qu'il ne l'a pas trouvé!

— Hérildur n'est donc pas prisonnier comme vous le pensiez?

— En effet. Il a dû sentir la présence maléfique d'Askorias et s'est mis à l'abri.

— Où cela?

— Aucune idée. Je perçois encore sa résonance, mais loin. Très loin d'ici.

— Dans une autre tour, peut-être?

— Celle des Monstres est la plus éloignée, mais je vois mal Hérildur se cacher là-bas. Cet endroit abrite les pires criminels que le monde ait jamais connus.

— Justement, approuva Luna. Jamais Askorias ne songera à aller le chercher dans cette tour.

L'idée était logique, mais Wiêryn ne semblait pas partager l'enthousiasme de Luna.

Lorsqu'elle reprit la parole, ce fut pour poursuivre son exposé sur le contenu de l'esprit de l'urbam.

— Quoi qu'il en soit, Askorias ne compte pas abandonner aussi facilement. Matrone Sylnor a exigé de lui qu'il détruise l'esprit d'Hérildur et il ne rentrera pas chez les vivants avant d'avoir accompli sa mission. Toutefois ces incessants va-et-vient entre le monde des vivants et Outretombe semblent l'avoir grandement affaibli.

— Qu'attendez-vous de moi ?

— Que tu trouves Askorias et que tu l'élimines. Hérildur pourra alors regagner notre tour et peut-être protéger les tiens.

Une chape de plomb tomba sur les épaules de Luna.

— Mais le palais des Brumes est vraiment immense ! Comment voulez-vous que je retrouve ce nécromancien de malheur ? Il peut être n'importe où, à l'heure qu'il est !

— L'urbam m'a révélé que son ancien maître était parti en direction de la tour des Remords.

— Oh, j'en viens, justement, murmura Luna, dépitée. C'est bizarre que je ne l'aie pas vu.

— Tu l'as dit toi-même, le palais est si grand que vous ne vous êtes sans doute pas croisés. Il existe plusieurs passerelles entre deux tours, à différents étages.

— Eh bien, ça ne m'aide pas beaucoup, cornedrouille! Chaque tour est un véritable labyrinthe. Sans guide, je ne m'y retrouverai jamais!

Luna sentait le désespoir la gagner quand il lui vint une idée.

— Croyez-vous que Lya accepterait de m'accompagner?

— Non. Les fées sont adorables, enjouées et serviables, mais pas téméraires pour un sou. Jamais Lya ne sortira de la tour. Elle craint trop la brume.

— Parce que vous, vous n'en avez pas peur? ironisa Luna qui connaissait déjà la réponse.

— Moi, c'est différent. Tu as vu mon apparence? Je n'ai aucune consistance. Il m'est impossible de sortir d'ici. Le moindre souffle de vent me serait fatal. Ravenstein non plus ne sortait jamais de chez lui. Nous autres, esprits de la forêt, restons dans notre pièce. C'est là que notre pouvoir est le plus grand. Tu comprends?

Luna hocha la tête, honteuse d'avoir pensé que Wiêryn jouait les fanfaronnes.

— Bon, puisqu'il en est ainsi, je vais retourner dans la tour des Remords, décréta-t-elle après quelques secondes.

Devant la mine désappointée de l'elfe de lune, Wiêryn ajouta :

— Tu sais, il existe peut-être un moyen pour toi de retrouver Askorias plus facilement. On raconte que, lorsque des vivants s'aventurent à Outretombe, ils peuvent sentir leurs présences respectives, même s'ils se trouvent loin l'un de l'autre. Si cela est vrai, tu devrais pouvoir repérer la trace d'Askorias sans trop de difficultés.

— Ah, ça aussi je l'ignorais. Eh bien, ça vaut le coup d'essayer. En tout cas, je vous jure que, dès que je tombe sur lui, je le foudroie grâce à mon orbe d'énergie. Ce sale type ne comprendra même pas ce qu'il lui arrive !

— Hérildur m'a parlé de ton pouvoir exceptionnel. Toutefois, comme il risque de ne t'être d'aucune utilité contre les esprits, permets-moi de t'offrir cette feuille de yucca. Non seulement elle est aiguisée comme un poignard, mais je l'ai également enchantée pour que tu puisses l'utiliser contre les démons. Elle ne les tuera pas, bien sûr, mais elle les paralysera suffisamment longtemps pour te laisser la possibilité de fuir. Son usage est illimité. Garde-la précieusement ; elle te sauvera peut-être la vie.

— Merci beaucoup pour votre aide, fit Luna en prenant l'arme végétale avec précaution.

Elle pivota vers la porte et sursauta en constatant qu'elle était plantée au beau milieu de la forêt. La présence incongrue de ce battant dressé entre les marronniers lui arracha un sourire.

— Sois prudente, surtout ! lâcha Wiêryn en ouvrant pour laisser passer l'adolescente.

— Merci, murmura Luna en serrant la feuille de yucca dans sa main.

Lorsque la porte se referma dans son dos, elle ne savait pas si elle devait se réjouir ou non. Certes Hérildur n'était pas prisonnier, mais trouver le nécromancien dans le palais des Brumes semblait absolument impossible, malgré le lien ténu qui les unissait. Autant chercher un diamant dans une bouse de troll, comme disait le Marécageux !

Elle refusa néanmoins de se laisser abattre et rebroussa chemin en essayant de se rappeler quels couloirs avait empruntés Lya. Mais ce qui devait arriver arriva. Cinq minutes plus tard, elle était tout à fait perdue. Elle était à deux doigts de craquer quand une voix flûtée qu'elle reconnut aussitôt lui redonna espoir.

— Tu as déjà fini ? s'étonna la fée en riant. C'était rapide, dis donc ! Mais c'est vrai que les esprits sylvestres sont assez peu loquaces. Ils ne sont pas comme nous, les fées, qui adorons au contraire bavarder et prendre du bon temps.

— Lya? Mais que faites-vous là? Je croyais que vous étiez retournée auprès de vos amis!

— C'est vrai, mais Zcurtza m'a renvoyée ici. Elle doutait que tu puisses retrouver ton chemin toute seule.

— Et elle avait bien raison! admit Luna en souriant. S'il vous plaît, Lya, auriez-vous la gentillesse de me conduire devant l'une des portes qui mènent à la tour des Remords?

— Bouh, la tour des Remords! grimaça la petite créature. Que vas-tu donc faire là-bas? C'est dangereux, tu sais! Il y a tout plein d'esprits bizarres… et je ne parle même pas des nappes de brouillards qui nous guettent dehors. Oh, rien que d'y penser, j'en ai la chair de poule!

Luna ne put s'empêcher de rire.

— Ne vous inquiétez pas, petite fée, les dangers, ça me connaît! Je ne crains ni les démons ni la brume! Et puis, j'ai ça, regardez!

L'adolescente brandit son arme végétale devant Lya qui recula, effrayée.

— Hé, doucement, tu pourrais blesser quelqu'un!

— Non, c'est juste pour les méchants! plaisanta Luna, en glissant la feuille pointue dans sa ceinture.

Elle emboîta le pas à sa guide. Étonnamment, le trajet de retour ne fut pas long. La fée, qui semblait connaître ce dédale par cœur, n'hésita pas une seule seconde et mena Luna jusqu'aux imposantes portes bardées de fer qu'elle avait franchies auparavant.

— Nous y voilà ! s'écria joyeusement Lya. Tu es bien sûre de vouloir sortir ?

— Oui, j'ai une mission à accomplir hors de ces murs.

— Oh ! s'exclama la fée, soudain admirative. Si c'est une mission, alors, en effet, tu ne peux t'y dérober. Je n'ai plus qu'à te souhaiter bonne chance !

— Merci, Lya. Vous avez été une excellente guide !

— Tout le plaisir fut pour moi ! Mais, en échange, pourrais-je te demander une faveur ?

— Bien sûr. De quoi s'agit-il ?

— Pourrais-tu attendre que je sois partie avant d'ouvrir cette porte ?

Luna sourit et acquiesça d'un hochement de tête. La minuscule fée s'éclipsa en un clin d'œil. La seconde d'après, seules quelques paillettes argentées dansaient encore dans l'obscurité du vestibule. L'adolescente posa sa main sur la grosse poignée métallique et s'apprêta à tirer dessus de toutes ses forces. Mais, à sa grande stupéfaction, elle n'eut aucun effort à faire, car le battant s'ouvrit brusquement devant elle. Luna eut juste de temps de reculer assez pour ne pas se prendre la porte en pleine figure.

Sur le seuil, le nouvel arrivant se figea.

— Par la déesse ! s'écria-t-il aussitôt. Mais je te reconnais, toi !

Luna plissa les yeux, éblouie par les nappes blanches qui flottaient à l'extérieur, mais elle ne distingua qu'une silhouette en contre-jour. Enveloppé dans une large cape, les épaules carrées, les cuisses musclées, l'homme était imposant. Luna n'eut pas le temps de réagir qu'il s'avançait déjà dans sa direction.

— Que fait donc une gamine de ta race à Outretombe ?

Le rythme cardiaque de Luna s'accéléra. Elle connaissait cette voix. Pourtant, il lui était impossible de déterminer à qui elle apparte-nait. Effrayée, elle fit un pas en arrière, mais l'homme fut plus véloce qu'elle. D'un geste aussi rapide que précis, il l'agrippa par le col et planta ses iris écarlates dans ses yeux à elle. Alors Luna le reconnut. Son cœur s'arrêta.

Ce drow n'était autre qu'Elkanthar And'Thriel, son père !

14

La poigne d'acier du drow se referma sur le cou de Luna.

— Lâchez-moi! suffoqua-t-elle. Je… je suis désolée de vous avoir tué, mais j'ignorai alors qui vous étiez!

Les sourcils d'Elkantar s'arquèrent de surprise.

— Hein? Mais qu'est-ce que tu racontes? C'est une petite drow qui m'a assassiné et tu…

Luna sentit son cœur s'arrêter de battre. Elle venait de se rendre compte trop tard qu'elle avait commis une énorme gaffe. En effet, lorsqu'elle avait attaqué son père, son visage était alors recouvert de suie. C'était le stratagème qu'avait trouvé Darkhan pour qu'elle n'attirât pas l'attention des drows. Or, à l'instant, elle s'était trahie!

Les yeux d'Elkantar se firent plus perçants. Le front plissé, il la dévisagea en silence. Luna n'osait plus bouger ni prononcer une seule parole. Cette révélation allait-elle lui coûter la vie ? Elle avait en tête la phrase apprise par cœur pour rejoindre son monde et se sauver, mais elle ne voulait pas renoncer maintenant. Sa mission à Outretombe n'était pas terminée et puis, elle mourrait d'envie de s'expliquer avec son père.

— C'était toi ? s'exclama-t-il soudain, plus surpris qu'en colère.

Tremblante, Luna soutint le regard ardent de son géniteur, mais garda la bouche close.

— Mais oui, c'était bien toi ! cracha-t-il avec mépris. Je reconnais à présent tes yeux clairs et cet air effronté. Malgré la couleur de ta peau, je me souviens bien de toi ; tu sais, on n'oublie jamais le visage de sa meurtrière ! Je me rappelle également que tu portais le médaillon de ma femme autour du cou. Oui… tu le lui avais dérobé, petite garce !

Alors qu'il grimaçait de rage, Luna lui asséna un méchant coup de pied dans le bas-ventre. Elkantar se plia en deux, étouffant un cri de douleur. L'adolescente en profita pour lui échapper.

— Je n'ai rien volé du tout ! s'écria-t-elle. C'est Ambrethil qui m'avait offert ce talisman, à ma naissance !

— Sale menteuse ! enragea l'ancien invocateur en la giflant.

La joue brûlante, Luna toisa son père avec férocité.

— Un père digne de ce nom ne frappe pas sa fille !

Elkantar se raidit, tétanisé par ce que les propos de la jeune fille supposaient. Il plissa les yeux avant d'éructer :

— Je ne suis pas ton père ! Tu racontes n'importe quoi !

Mais Luna ne se démonta pas.

— Je suis la princesse royale Sylnodel, la fille de Sa Majesté Ambrethil, souveraine de Laltharils, et la petite-fille du défunt Hérildur.

Comme le drow la toisait avec stupéfaction, elle lui asséna le coup de grâce :

— Et je suis votre fille aînée, Elkantar And'Thriel ! Ambrethil vous a fait croire qu'elle avait eu un fils, mort-né, pour éviter que je sois sacrifiée à la déesse araignée, car ma peau claire m'aurait sans nul doute condamnée. Ma mère m'a confiée à sa fidèle Viurna qui a quitté Rhasgarrok afin que je grandisse loin de la violence et de la haine. Une chance à laquelle ma sœur cadette, Sylnor, n'a pas eu droit. N'est-ce pas ?

L'ancien invocateur blêmit. Sa mâchoire se crispa. Pourtant, il demeura silencieux. Luna poursuivit :

— Pour me protéger, Ambrethil avait glissé le médaillon d'Eilistraée autour de mon cou.

— La seule femme que j'ai aimée! murmura Elkantar, visiblement affecté. Comment a-t-elle pu me trahir de la sorte?

— C'est vous qui l'avez trahie! rétorqua Luna en pointant un doigt accusateur dans sa direction. Le bijou que vous lui aviez offert n'était autre que la stase du Néphilim qui détruisait les elfes de lune à petit feu. Vous dites que vous l'aimiez, mais vous participiez au massacre de son peuple!

— Je n'avais pas le choix… grinça le drow. J'étais le grand invocateur de matrone Zesstra. J'étais obligé d'obéir à ses ordres.

— Obéir est une chose, mais cacher le démon dans un cadeau pour Ambrethil, c'était du pur sadisme!

— Mon Ambrethil adorait Eilistraée… se rappela Elkantar d'une voix étrangement douce. Quand j'ai appris qu'elle était enceinte, j'ai été fou de joie. Je… je lui ai offert ce talisman en toute bonne foi, pour protéger sa grossesse. C'était le seul objet à l'effigie de la déesse que je possédais et je savais que cela lui ferait plaisir.

— N'empêche que vous n'êtes qu'un monstre! Et Ambrethil le savait, puisqu'elle a préféré me cacher plutôt que de vous avouer ma naissance. Si seulement elle avait pu faire de même avec Sylnor!

— Elle n'en a pas eu l'occasion. J'avais décidé d'assister à l'accouchement.

Luna sentit une rage sourde bouillir en elle.

— Vous dites que vous aimiez Ambrethil. Dans ce cas, pourquoi l'avoir fait souffrir en lui enlevant son enfant?

— Là encore je n'avais pas d'autre possibilité. Ma maison était maudite. Il me fallait une fille à offrir à la déesse pour sauver Ambrethil. Si j'avais eu un fils, matrone Zesstra nous aurait tués tous les trois.

— C'est trop facile! gronda Luna. Vous auriez pu vous enfuir avec votre femme et votre bébé. Vous auriez pu quitter Rhasgarrok et ses turpitudes pour tout recommencer ailleurs. Mais vous étiez trop lâche, Elkantar! Et, à cause de vous, ma sœur Sylnor est devenue aussi tyrannique que matrone Zesstra!

— Comment cela? s'enquit le drow en plissant les yeux.

— Sylnor est maintenant la grande prêtresse de Lloth!

Estomaqué, l'ancien invocateur chancela. Ses yeux incandescents s'écarquillèrent de stupeur.

— Matrone Sylnor… répéta-t-il à voix basse. Je suis le père d'une matrone ! Oh, mais, alors, tout s'explique !

— Quoi donc ?

— Les rumeurs les plus folles courent ici. On raconte qu'un nécromancien a été aperçu à Outretombe, juste avant la disparition de l'esprit de Ravenstein.

— En effet, concéda Luna en hochant la tête. Il semblerait que ma sœur ait fait appel à votre nécromancien de père pour détruire les protections dont jouissait notre forêt.

— Comme ça, ce vieux briscard d'Askorias est encore en vie ! pesta Elkantar.

— Oui, et votre père, non content d'avoir neutralisé Ravenstein, est apparemment de retour à Outretombe. Il cherche Hérildur pour le capturer à son tour. Je suis venue pour l'affronter.

— Affronter Askorias ? répéta Elkantar en fronçant les sourcils. Tu n'es pas de taille !

— Sans vouloir retourner le couteau dans la plaie, j'ai bien réussi à vous… tuer. Pourtant vous étiez un puissant sorcier.

Elkantar se frotta le menton, pensif. Toute rage et toute animosité semblaient l'avoir définitivement quitté.

— C'est vrai que j'étais puissant. Je me suis même souvent demandé comment une enfant en apparence aussi inoffensive avait pu me terrasser avec autant de facilité.

— Je possède un pouvoir extrêmement puissant. Une sorte d'orbe d'énergie qui foudroie mes ennemis sans leur laisser une chance de riposter.

— Mais à présent tu es morte, et les morts n'ont plus de pouvoirs.

Luna tordit la bouche, hésitante.

— Non, je ne suis pas morte. J'ai fait appel à un autre nécromancien pour venir à Outretombe.

Cette ultime révélation stupéfia le drow qui lâcha un hoquet d'étonnement.

— Tu es… vivante ! s'exclama-t-il, le regard brillant d'une lueur nouvelle.

Luna se mordit aussitôt les lèvres, craignant d'en avoir trop dit. Elle recula, sur ses gardes, mais, à sa grande surprise, Elkantar laissa éclater son admiration.

— Tu m'impressionnes, Sylnodel ! Je connais peu de drows capables d'une telle bravoure, hormis les nécromanciens, bien sûr, mais ils sont tous complètement fous. Et toi, tu as pris ce risque inconsidéré pour sauver ton grand-père ?

— Mon grand-père et ma mère ! crut-elle bon de préciser. Car Ambrethil vit aujourd'hui avec moi à Laltharils. Si nous ne bénéficions d'aucune protection, les troupes de ma sœur raseront notre cité et nous massacreront jusqu'au dernier.

À ces mots, les mâchoires d'Elkantar se crispèrent. Il secoua la tête en silence, comme rongé par une terrible colère.

— Non! décréta-t-il soudain. Je ne le permettrai pas! Je refuse que l'unique femme que j'ai aimée périsse par la faute d'Askorias. S'il se trouve quelque part ici, je le trouverai et le tuerai. Tu as ma parole, Sylnodel, Hérildur pourra protéger Laltharils et mon adorable Ambrethil.

Ces mots soulagèrent Luna qui avait un moment craint que cette confrontation imprévue avec son père ne tourne à la catastrophe. Elle se risqua alors à poser la question qui la taraudait depuis un moment :

— Dites, Elkantar, je me trompe peut-être, mais on dirait que vous n'appréciez pas votre père.

Les traits du drow se durcirent.

— Les elfes noirs n'ont pas pour habitude d'entourer leur progéniture d'affection comme les autres races d'elfes le font. Chez nous, les parents n'offrent pas de tendresse et encore moins de câlins ou de baisers. Les drows élèvent leurs enfants à la dure pour leur forger le caractère. Les brimades, les humiliations et même les châtiments corporels sont légion dans les grandes maisons de Rhasgarrok.

L'invocateur ferma les yeux avant de reprendre :

— Mais Askorias était certainement le pire père qu'un drow puisse avoir. Même ma mère, une matrone autoritaire et puissante, a fini par ne plus pouvoir supporter les violences qu'il nous faisait subir. Le jour où elle a décidé de le mettre à la porte, j'ai commencé à vivre. J'avais quatorze ans. Quatorze ans de souffrance, ça ne s'oublie pas.

— J'imagine, approuva Luna, bouleversée par les confidences de ce père dont elle ne connaissait rien.

— Ce n'est que beaucoup plus tard que j'ai appris qu'Askorias était devenu un nécromancien réputé. Lorsque j'ai été nommé invocateur personnel de matrone Zesstra, j'ai essayé de le retrouver pour lui faire payer les outrages qu'il m'avait fait subir, mais il a dû en avoir vent et prendre peur, car il s'est terré au plus profond de la cité et j'ai définitivement perdu sa trace. Aujourd'hui, je tiens enfin l'occasion de me venger.

Luna lui adressa un sourire sincère.

— D'après mes sources, Askorias doit se trouver dans la tour des Remords, ou dans celle d'après à l'heure qu'il est.

Elkantar fronça les sourcils.

— Hum, la tour des Meurtriers est un endroit fort dangereux pour une jeune fille, de surcroît pour une jeune fille vivante. Ta place n'est pas là-bas, Sylnodel.

— Pourtant, je suis moi-même une meurtrière…

Leurs regards se croisèrent et restèrent rivés l'un à l'autre. Le père et la fille s'observèrent un long moment dans un silence absolu. Ce fut Elkantar qui le brisa le premier :

— Si tu ne l'avais pas fait, c'est moi qui t'aurais tuée.

Il ajouta dans un souffle :

— Ambrethil ne t'aurait jamais connue et elle ne serait jamais retournée à Laltharils. Elle serait restée avec moi, mais jamais elle n'aurait connu le bonheur… Tu as bien fait, ma fille, de tuer ce père sans pitié.

Luna sentit une boule se former dans sa gorge pendant que ses yeux se remplissaient de larmes amères. Elle aurait aimé se jeter dans les bras de son père, mais, comme Elkantar restait impassible, elle réfréna son envie et demeura plantée là à le regarder.

Comme troublé par ce regard humide et insistant, Elkantar fit volte-face et se dirigea vers la porte qu'il avait, dans sa colère, laissée ouverte.

— Suis-moi, Sylnodel! Nous allons ensemble régler son compte à Askorias.

Le cœur de Luna fit un bond dans sa poitrine. Reconnaissante, elle s'empressa d'obéir. Après avoir pris soin de rabattre le lourd battant de la porte derrière elle, elle se lança à la suite de son père sur la passerelle. Mais Elkantar était déjà loin. Curieusement, il filait à travers les nappes de brouillard comme s'il ne les craignait pas. Luna ne put s'empêcher d'admirer son courage. Son père avait déjà atteint l'autre tour qu'elle n'en était qu'à la moitié du chemin.

— Dépêche-toi! la héla-t-il en lui faisant signe de se hâter.

Elle accéléra, faisant fi des inquiétantes ombres qui se mouvaient derrière les nappes filandreuses. Mais si son père n'avait pas peur du Bouff'mort, elle n'en aurait pas peur non plus. Elle avala les derniers mètres en courant et s'engouffra dans la tour des Remords. La porte massive claqua bruyamment dans son dos. Luna souffla de soulagement, mais Elkantar s'engageait déjà dans le couloir de droite. L'adolescente n'eut d'autre choix que de courir derrière lui. Lorsqu'elle le rattrapa enfin, elle ne put s'empêcher de l'interroger:

— Vous n'avez pas peur de la brume?

— Non, au contraire ! répliqua Elkantar en traversant une grande salle déserte. Combien de fois ai-je rêvé d'être emporté par les tentacules du Bouff'mort ! Combien de fois l'ai-je appelé et supplié de me prendre !

— Pourquoi donc ? s'enquit Luna, éberluée.

— J'en assez d'être à Outretombe ! s'emporta Elkantar tout en continuant à marcher. Je voudrais mourir pour de bon. J'en ai assez de penser. Je ne veux plus me souvenir des atrocités de mon enfance, ressasser mes erreurs, regretter mon amour perdu. Je veux retourner au néant absolu. Mais… il semblerait que le Bouff'mort se rit de mes efforts pour le rejoindre. Jamais il n'a répondu à mes suppliques.

— Avez-vous déjà essayé de vous jeter d'une passerelle ou d'un balcon ? demanda Luna.

Le rire d'Elkantar la surprit.

— Je l'ai fait des dizaines de fois, mais apparemment les esprits ne peuvent pas tomber du palais des Brumes. En fait, nous flottons dans ces limbes de brouillard infini.

— Ah ! C'est curieux, remarqua Luna.

— Comme aucune créature surgie du vide ne venait pour m'emporter, je restais là bêtement, à attendre, des heures et des heures. Et, chaque fois, je finissais par retourner dans ma tour.

— Et quelle est-elle, votre tour? s'enquit Luna qui courait presque pour compenser les longues foulées de son père.

— La tour des Monstres, confessa-t-il dans un souffle.

Luna devint écarlate, regrettant d'avoir posé cette question. Du coup, elle préféra garder le silence et suivit Elkantar sans broncher. Il semblait savoir parfaitement où aller.

Ils ne croisèrent pas grand monde, hormis un nain à l'impressionnante barbe chenue qui traînait sur le sol et un humain au regard torve qui dévisagea Luna avec concupiscence, mais qui n'osa pas l'aborder. Peut-être la présence du drow aux côtés de la jeune fille freinait-elle ses pulsions.

Après maints détours, après avoir monté ou descendu maints escaliers, traversé maintes salles et franchi maints vestibules, Luna finit par se racler la gorge pour attirer l'attention de son père.

— Hum, si je puis me permettre, je suis presque certaine qu'Askorias n'est plus dans cette tour. Je ne perçois aucun signe de lui.

— Hein? Mais de quoi parles-tu?

— Wiêryn m'a dit qu'il me serait facile de le trouver, car nous sommes tous les deux vivants. Une sorte de lien nous unit, mais je ne ressens rien de tel ici.

— Oh! Eh bien, dans ce cas, faisons confiance à ton instinct et changeons de tour, décida Elkantar en rebroussant chemin. Suis-moi. Il y a une porte qui mène à la tour des Meurtriers pas très loin.

Ils marchaient depuis un certain temps quand le drow se tourna vers sa fille.

— Dis-moi, Ambrethil est-elle heureuse à Laltharils?

— Vous dire le contraire serait mentir. Maman était ravie de rentrer chez elle. Mais le bonheur de revoir son cher père fut douloureusement terni par l'annonce du décès de sa sœur aînée. La douce Amaélys fut en effet l'une des nombreuses victimes du Néphilim que vous aviez invoqué.

Cette fois, ce fut au tour d'Elkantar de se sentir gêné, mais Luna poursuivit:

— Ambrethil est une reine remarquable, pleine de sagesse et de courage. En faisant de Laltharils une cité cosmopolite qui réunit des elfes de lune et de soleil, des elfes noirs repentis et des avariels, elle a donné vie au rêve d'Hérildur. Je suis très fière d'elle et je ne veux pas que ce pour quoi elle s'est battue disparaisse sous le feu des drows.

— Crois-tu qu'Hérildur sera assez puissant pour protéger votre ville?

— Je n'en sais rien, mais je sais que la forêt subira indubitablement les outrages de l'armée de Sylnor. Après la guerre, rien ne sera plus comme avant.

Elkantar hocha la tête et s'absorba dans ses pensées. Il resta silencieux un long moment avant de demander, dans un souffle ténu :

— T'a-t-elle parfois parlé de moi ?

— Oui. Et si cela peut vous rassurer, il semble qu'elle n'éprouve aucune haine à votre égard. Elle s'était résignée à la captivité, mais vous savait gré de n'avoir jamais abusé d'elle et de ne l'avoir pas violentée. Lorsqu'elle a aperçu votre corps sans vie, son regard s'est rempli d'une tristesse sincère. Je crois qu'elle vous aimait bien.

Elkantar soupira avant d'enchaîner :

— Et cet homme qui t'accompagnait et que j'ai tué, qui était-ce ?

— Mon cousin, un sang-mêlé, mais il n'était que blessé.

— Tant mieux. Et le Néphilim, qu'est-il devenu ?

— Il a disparu lorsque nous avons exposé sa stase à la lumière du soleil.

— Pourtant, il y a un détail que je peine à comprendre. Si c'était toi qui détenais ce pendentif depuis ta naissance, comment se fait-il que la stase n'ait pas été détruite avant ?

— En fait, l'elfe sylvestre qui m'avait recueillie avait précieusement rangé ce médaillon au fond d'un coffre. Il attendait que je sois en âge de comprendre ma destinée pour me l'offrir. Mais les circonstances en ont décidé autrement et…

— Halte-là, vous deux ! gronda une voix hostile dans leur dos.

Luna s'immobilisa.

Rapide comme un éclair, Elkantar s'était déjà retourné. En face de lui se tenaient trois humains patibulaires munis de dagues effilées. Lorsque Luna les aperçut à son tour, elle reconnut immédiatement le type louche qui l'avait dévisagée avec insistance. Discrètement, elle porta la main à la feuille de yucca coincée dans sa ceinture.

— Donne-nous la fille ! exigea le plus costaud des trois hommes.

Mais Elkantar se dressa en travers de leur route.

— Elle est avec moi ! riposta-t-il. À votre place, je ne chercherais pas à lutter contre un drow. Vous n'êtes que trois ; ce ne serait pas équitable !

— Ah, vous entendez ça, les gars ? ricana le deuxième. Le noiraud joue les prétentieux.

— Ouais, on va voir ce qu'il a dans le ventre !

— Et après, on s'occupera de la gamine ! ajouta l'homme au regard lubrique.

Cachée dans le dos de son père, Luna s'apprêtait à utiliser son pouvoir contre les trois types, quand la voix d'Elkantar résonna dans son esprit :

— Fuis, ma fille ! Cours droit devant toi et accomplis ta mission.

Elle hésita, prête à lâcher l'énergie dont elle débordait, quand Elkantar ajouta :

— Fais-le pour moi, fais-le pour Ambrethil !

Luna n'eut que le temps de voir bondir Elkantar en direction des humains, des griffes d'acier surgies d'on ne sait où à la place des mains. Elle décida de lui obéir et se retourna pour foncer droit devant elle, sans se retourner.

15

La chaleur de ces premiers jours d'automne était douce. Pourtant, Kendhal et ses hommes transpiraient à grosses gouttes. Embusqués dans les arbres en lisière de la forêt, ils attendaient avec angoisse les escadrons ennemis. Ils savaient qu'ils étaient proches, mais ignoraient encore qui ils auraient à affronter.

C'était Darkhan qui le premier avait déclenché l'alerte, la veille à l'aube. Si tous s'attendaient à cette guerre, personne n'avait imaginé qu'elle aurait lieu aussi tôt, et encore moins que matrone Sylnor ferait appel à d'autres races que les drows.

Certes, l'armée des elfes était prête, les soldats étaient entraînés, mais avec plus de temps ils auraient pu améliorer leurs lignes de défense. Néanmoins, chacune des troupes de Laltharils s'était immédiatement mise en marche vers le lieu stratégique qui lui avait été attribué afin de défendre leur cité de leur mieux.

Kendhal et ses trois cents soldats protégeaient la frontière nord-ouest de la forêt, là où les contreforts des montagnes Rousses ondulaient en plaines sauvages jusqu'à l'orée de la forêt d'Anthorn. C'était à cet endroit que s'érigeait autrefois l'une des trois tours de vigie détruites par les dragons de matrone Zélathory.

Le jeune roi aurait pu faire le choix de rester aux côtés d'Ambrethil et de Cyrielle pour protéger les femmes et les enfants, mais, à l'instar de Darkhan, de Thyl, de Platzeck et de sa mère, il avait préféré participer aux embuscades. Plus les elfes massacreraient d'ennemis, moins il y en aurait pour profaner le territoire sacré de Ravenstein et atteindre Laltharils.

Conscients de leur infériorité numérique, les elfes avaient décidé de transformer la forêt en un piège mortel, chacun à sa façon. Kendhal avait opté pour des mines mises au point par les mages. Toute la lisière nord-ouest était truffée de bombes miniatures cachées dans la végétation qui exploseraient au moindre contact. Et, au cas où les guerriers ennemis échapperaient aux explosifs, des centaines de filets avaient été étendus sur le sol afin de les capturer comme de vulgaires sangliers. S'il restait des survivants, les archers elfes dorés dissimulés dans les cimes des arbres les achèveraient sans pitié grâce à leurs flèches empoisonnées.

Tout avait été minutieusement préparé. Pourtant, Kendhal ne pouvait s'empêcher de trembler. Pas de peur – comme son père qui s'était sacrifié pour les siens, le jeune homme était prêt à donner sa vie pour sauver son peuple –, mais d'angoisse teintée de colère. Malgré la précarité de sa situation, il ne pouvait s'empêcher de penser à Luna. Cela faisait maintenant cinq jours qu'elle était partie pour le royaume des morts, cinq jours que son corps inerte semblait dormir au plus profond d'Eilis, dans l'antre du nécromancien.

«Mais, bon sang, qu'est-ce qui lui a pris? ressassa-t-il pour la énième fois. Pourquoi ne m'en a-t-elle pas parlé? Elle aurait au moins pu venir me dire au revoir! Je l'aurais dissuadée de commettre une telle absurdité. Je lui aurais dit à quel point je tenais à elle. Outretombe… Par tous les dieux, quelle folie!»

Rien que d'imaginer la jeune fille affrontant seule de redoutables démons lui donnait la nausée. L'inquiétude le rongeait, le brûlait, le consumait tout entier sans lui laisser une seule seconde de répit. Pourtant Sthyrm semblait optimiste; le cœur de Luna battait encore.

«Mais pour combien de temps? suffoqua Kendhal. Qui sait quels esprits démoniaques elle va rencontrer avant de trouver Hérildur? Ah, si seulement elle était venue me prévenir, j'aurais pu l'accompagner et la protéger. Ensemble nous aurions pu... »

— Ils arrivent! hurla au-dessus de lui un avariel qui s'était proposé pour surveiller la frontière piégée.

— Combien sont-ils? s'enquit le roi en resserrant sa prise autour de son arc.

— Des centaines et des centaines. Des trolls, des humains, des nains, beaucoup de nains il me semble, et aussi des halfelins, mais moins nombreux. Je retourne au camp de base demander du renfort aux miens. Nous viendrons dès que possible vous prêter main-forte.

— Merci! lança Kendhal en adressant à l'elfe ailé un geste amical de la main.

Pourtant, il était livide. Une angoisse nouvelle s'insinuait en lui comme du venin. Ce n'était pas le nombre de ses ennemis qui l'effrayait, mais la tactique de matrone Sylnor. La veille, Darkhan avait parlé d'orques et de gobelins, et voilà que d'autres races exilées depuis longtemps à Rhasgarrok attaquaient de ce côté-là. N'étaient-ils que de simples éclaireurs? La gorge sèche, Kendhal se demandait où se cachaient les drows et à quel moment ils décideraient d'intervenir. Car c'était eux les plus nombreux, les plus forts et les plus impitoyables…

Il n'eut pas le temps de se poser davantage de questions. Les premières mines explosaient déjà. Des clameurs de paniques et des cris de souffrance parvinrent jusqu'à lui. Sur toute la lisière nord-ouest, les bombes dissimulées dans la végétation faisaient d'innombrables victimes dans les rangs ennemis. Pourtant, Kendhal n'en éprouvait aucune satisfaction. Son père lui avait autrefois appris qu'on ne se réjouissait jamais de la mort, même de celle de ses rivaux. Seuls les drows tuaient par plaisir.

Il ne put s'empêcher de repenser au massacre des habitants d'Aman'Thyr par les guerrières de matrone Zesstra. Cette nuit-là avait été la plus épouvantable de toute sa courte vie.

À deux kilomètres seulement de là, c'était l'apocalypse. Les trolls qui avaient été les premiers à se lancer à l'assaut de la forêt mouraient en sautant sur les mines qui leur arrachaient les jambes et leur déchiraient les entrailles. Le carnage dura un bon moment, mais les trolls ne ralentirent pas pour autant leur progression. On leur avait ordonné d'ouvrir la voie, ils ouvriraient la voie, coûte que coûte. Les uns après les autres, ils explosèrent sur les bombes traîtresses. Aucun n'en réchappa.

Le massacre n'arrêta pas les nains aussi hargneux qu'intrépides qui s'élancèrent à leur tour dans la bataille. Ils n'éprouvèrent ni honte ni dégoût à piétiner les corps disloqués des trolls. Ces géants sans cervelle ne leur inspiraient que mépris. Ils se félicitèrent seulement de les avoir laissés partir en premier.

Les troupes naines, dix escadrons de cinquante guerriers, se précipitèrent en hurlant dans la forêt. Si certains sautèrent sur quelques mines encore armées, nombreux furent ceux qui marchèrent sur les filets piégés et se retrouvèrent suspendus à dix mètres du sol, saucissonnés comme des rôtis. Certains étaient si serrés qu'il leur fut impossible de se libérer, même au prix d'efforts désespérés et de contorsions inimaginables. D'autres, plus chanceux peut-être, parvinrent à entailler la corde grâce à leur hache. Ce qu'ils n'avaient pas prévu, c'était que leur chute leur serait fatale. Crânes éclatés, cages thoraciques enfoncées, membres brisés : le sol rocheux en contrebas n'épargna aucun d'entre eux.

Les rares nains à échapper aux pièges mortels disséminés un peu partout se félicitaient déjà intérieurement quand ils furent la cible des archers. Les flèches fusaient, sifflaient, perforaient l'air et les corps, là où les cottes de mailles naines laissaient libres les articulations. Aucune des blessures ne fut mortelle, mais le poison dont étaient badigeonnées les pointes de métal ne laissa aux nains aucune chance de s'en sortir. Le venin, puissant et rapide, passa directement dans leur sang et les asphyxia en paralysant le fonctionnement de leurs poumons. Les cœurs de centaines de nains s'arrêtèrent de battre à quelques minutes d'intervalle.

Mais les elfes n'eurent guère le temps de souffler, car les hordes de mercenaires humains atteignaient déjà leur zone. Cette fois, les flèches elfiques ne suffirent plus à arrêter les guerriers, d'autant moins que nombre d'entre eux, munis d'arbalètes, ripostèrent sans tarder. Les uns après les autres, les elfes postés sur leur arbre moururent, un carreau planté dans la poitrine ou entre les deux yeux.

Sentant le vent tourner, Kendhal se résigna à donner le signal du repli. Il souffla dans sa corne de brume trois coups brefs comme convenu et s'empressa de descendre de son perchoir. Là, il se précipita en direction du camp de base tout en surveillant ses arrières, car les humains pouvaient se trouver n'importe où. Il ne vit pourtant pas l'archer embusqué derrière une grosse souche. Seul le sifflement caractéristique d'une flèche déchirant l'air l'alerta. Au dernier moment, il s'écarta pour tenter d'éviter le projectile, mais une douleur fulgurante lui transperça l'épaule gauche. Il gémit, mais ralentit à peine. Mieux valait continuer à courir que de rester planté là. La deuxième flèche ne manquerait probablement pas sa cible. Il s'enfonça dans la forêt en espérant semer ses ennemis.

Mais partout les mêmes scènes se répétaient. Tous les elfes avaient entendu la corne de brume et tentaient à présent de rejoindre le camp fortifié qui les abriterait un moment. Isolés, ils devinrent vite la proie des bandes de mercenaires qui s'avérèrent redoutablement organisées. Certains elfes, doués pour la magie, ripostèrent en utilisant des sorts défensifs qui tuèrent quelques-uns de leurs ennemis. Malgré cela, très peu étaient encore en vie lorsqu'arrivèrent les renforts avariels.

Munis d'arcs, d'arbalètes ou d'éclairs de glace, les elfes ailés s'acharnèrent sur les humains et les halfelins qui suivaient. Mais ces combattants comprirent rapidement que, s'ils restaient à couvert sous les frondaisons épaisses ou s'ils rampaient sous les buissons, les projectiles ne pourraient guère les atteindre. Ils réussirent ainsi à s'enfoncer assez profondément dans la forêt.

Kendhal fuyait toujours. Sa blessure qui l'élançait terriblement ne lui permettait pas de courir aussi vite qu'il l'aurait souhaité, mais il refusait de s'arrêter. Il n'avait qu'une idée en tête: atteindre le camp et prévenir Laltharils que les troupes de Sylnor risquaient d'arriver par le nord-ouest. Il devait y arriver malgré le déclin de ses forces qui s'amenuisaient de minute en minute.

Ses pieds se prirent soudain dans une racine traîtresse qui le fit chuter de tout son long. La flèche fichée dans son épaule s'enfonça davantage dans ses chairs, lui arrachant un cri de douleur. Haletant, suffoquant, le jeune roi demeura ainsi sur le sol, incapable du moindre mouvement, pendant ce qui lui sembla une éternité. Soudain l'image de Luna s'imposa à lui.

«Bats-toi, Kendhal! Tout le monde compte sur toi! Sois fort! Allez, relève-toi!» l'encourageait-elle en souriant.

Il puisa dans ses dernières forces, prit une grande inspiration et parvint à s'adosser contre le tronc d'un pin parasol. Mais la douleur qui rongeait son épaule était insupportable. Il jeta alors un coup d'œil à sa blessure et grimaça. La flèche était profondément enfoncée et son armure était maculée de sang. Pourtant, cela aurait pu être pire. Si les humains avaient empoisonné leurs pointes, il serait mort depuis longtemps. Il ferma un instant les yeux pour réfléchir. Il devait absolument se faire soigner par les guérisseurs du camp. Ensuite, il retournerait se battre! Mais, lorsqu'il rouvrit les yeux, trois halfelins menaçants l'encerclaient. Avec leur sourire goguenard et leur regard torve, les rôdeurs observaient leur proie avec délectation.

— C'est un beau spécimen! railla l'un d'eux en brandissant son poignard. Un peu mal en point on dirait, mais cela fait notre affaire, hein, les gars?

— Oui, on a de la chance. Regardez les pierres serties sur son heaume! Il doit valoir une petite fortune! ricana celui qui tenait un arc.

— Attendez, les gars. C'est peut-être quelqu'un d'important! fit le troisième en s'approchant prudemment, une épée entre les mains. Et si au lieu de le tuer nous demandions plutôt une rançon?

— Sombre crétin! cracha le premier en haussant les épaules. T'as entendu la matriarche comme moi; elle a dit: aucun survivant! Qui nous donnera de l'argent? Les drows vont massacrer toute sa famille restée à Laltharils?

Kendhal prit alors conscience de la tragédie. Les drows avaient envoyé les races dites inférieures se faire massacrer dans les embuscades ; la matriarche avait avec justesse anticipé leur stratégie. Elle avait deviné de quelle façon les elfes protégeraient leur ville. Et elle avait préféré sacrifier les indésirables, plutôt que ses propres troupes. Maintenant que les elfes étaient bien affaiblis et encore moins nombreux qu'auparavant, les drows allaient déferler sur Laltharils comme un raz de marée. Ils ne rencontreraient que peu de résistance et sèmeraient la mort et la destruction sur leur passage.

Avec amertume, le jeune homme songea à Luna, dont le corps était caché au plus profond d'Eilis. « Finalement, elle a bien fait de se réfugier à Outretombe. Elle est peut-être plus en sécurité là-bas que n'importe où ailleurs. Espérons seulement que la forteresse d'Eilis résistera aux assauts drows, sinon… »

Un soudain accès de rage lui redonna des forces insoupçonnées. En tenant fermement son sabre, il bondit en avant et trancha la tête du premier halfelin. Mais les deux autres réagirent aussitôt. Celui qui tenait l'épée se jeta sur lui, pendant que le deuxième reculait en attrapant une flèche dans son carquois. Il visa le cœur de Kendhal, mais rata sa cible, car l'elfe parait déjà le coup porté par son compagnon.

En pestant, l'archer réarma son arc. Cette fois, il ne raterait pas son cœur ! Kendhal fit un pas de côté pour esquiver l'épée de son adversaire. La flèche l'atteignit au niveau de l'abdomen. Il hurla avant de s'écrouler.

Le halfelin leva son épée, savourant d'avance sa victoire, mais il n'eut pas le temps de l'abattre sur le corps qui gisait à terre. Un énorme loup blanc lui enserrait déjà la gorge dans l'étau de ses mâchoires. D'un coup sec, la bête sectionna le cou maigrelet du halfelin. Paralysé par la peur, le dernier des petits hommes n'eut pas le temps de décocher une nouvelle flèche qu'un autre loup au pelage brun lui bondissait dessus et l'égorgeait sans pitié.

— Poursuis ta route, mon frère ! déclara le loup ivoire à son congénère. Guide les tiens jusqu'au camp de base. Je pense que les elfes vont avoir besoin de renfort.

— Et toi ? s'enquit l'autre, prêt à bondir.

— Je dois m'occuper de celui-ci, fit-il en indiquant Kendhal d'un geste du museau.

— Pourquoi perdre ton temps ? Il ne survivra pas à ses blessures.

— C'est un ami.

« Un très bon ami ! » ajouta-t-il pour lui-même.

Le loup brun n'insista pas et disparut derrière un buisson de fougères. Le fauve au pelage clair s'approcha du corps ensanglanté du jeune roi. Kendhal eut juste le temps de reconnaître Elbion avant de sombrer dans les ténèbres.

16

Luna fuyait. Elle courait à en perdre haleine dans les couloirs sombres de la tour des Remords, mais son esprit bouillonnait de sentiments contradictoires. Elle s'en voulait d'avoir laissé son père affronter seul ces trois brutes. Elle aurait voulu rester avec lui et tenter d'utiliser son pouvoir, ou même l'arme offerte par Wiêryn. Mais l'ordre d'Elkantar avait balayé sa volonté. Luna avait compris que, le plus important, c'était de retrouver Askorias et de le tuer. Ainsi son grand-père maternel pourrait-il rejoindre sa tour. Et Elkantar était un drow aguerri; il saurait certainement se débarrasser de ces importuns, du moins elle l'espérait, et il la rejoindrait probablement plus tard.

Malgré ses doutes, Luna ne ralentissait pas et poursuivait sa course. Sans porter attention aux corridors qui s'ouvraient à gauche et à droite, elle filait tout droit, selon les instructions de son père. Soudain un cri derrière elle stoppa net son élan.

— Hé! Luna! Attends-moi!

L'adolescente crut qu'il s'agissait d'Elkantar, mais elle se rappela la seconde d'après que son père l'appelait par son nom elfique. Le cœur battant à tout rompre, elle plissa les yeux pour apercevoir dans la pénombre celui qui la hélait de la sorte. Lorsqu'elle reconnut la silhouette athlétique d'Halfar qui courait dans sa direction, elle esquissa un sourire.

— Luna, par tous les dieux, que fais-tu ici? s'écria-t-il en arrivant à son niveau. Je te croyais dans la tour des Sages. Tu as fini par renoncer?

— Absolument pas. J'y suis allée, j'ai parlé à l'esprit de Wiêryn et figure-toi que j'ai même rencontré mon père, Elkantar And'Thriel. Maintenant je me dirige vers la tour des Meurtriers pour débusquer le nécromancien.

— La tour des Meurtriers? répéta le garçon, incrédule. Mais tu es devenue folle, ou quoi? Cet endroit grouille d'assassins, de brigands, de tueurs sans pitié qui ne feront qu'une bouchée de toi.

— Entre nous, Halfar, je ne trouve pas que les deux tours que j'ai déjà visitées grouillaient de monde, pour reprendre ton expression. Les couloirs étaient déserts. Je n'ai pratiquement croisé personne.

— C'est normal. Il y a très peu de gens qui éprouvent des remords · et encore moins qui renoncent à devenir des anges, alors que les meurtriers sont extrêmement nombreux. Tu imagines un peu le nombre de tueurs qui ont sévi depuis que le monde est monde ? Eh bien, sache qu'ils sont tous là-bas ! Drows, nains, trolls, humains, elfes, barbares, gobelins et j'en passe ! Tous les assassins que cette terre a portés un jour. Tu te rends compte !

Luna retint son souffle. Elle n'avait pas envisagé le problème sous cet angle. Malgré l'arme magique coincée contre sa hanche droite, elle sentit son courage s'amenuiser.

— Hélas, je n'ai pas le choix, Halfar. Je dois retrouver Askorias. Il le faut.

— Au mépris de ta vie ?

— Qu'est-ce qu'une vie au regard de milliers d'autres qui pourront être sauvées ?

— Soit, tu es prête à te sacrifier, mais, si tu meurs avant d'avoir trouvé ton nécromancien, ton sacrifice n'aura servi à rien ! répliqua Halfar, furieux.

— Alors, accompagne-moi et protège-moi. Tu ne peux pas mourir, toi, et tu sais te battre comme nul autre.

Un voile de frayeur traversa le regard de l'adolescent.

— Mais je ne sais pas me battre contre la brume…

— La brume n'est pas si dangereuse que ça, tenta de le rassurer Luna. Je crois même en réalité qu'il s'agit juste d'une légende pour éviter que les esprits ne passent d'une tour à l'autre, quoique cela n'empêche pas nombre d'entre eux de le faire.

— Luna, le Bouff'mort n'est pas une légende. Je l'ai constaté de visu ! Un jour que quelqu'un avait laissé la grande porte ouverte, les nappes de brouillard ont pénétré à l'intérieur de la tour où elles ont pris vie. Je te le jure, j'ai vu les tentacules énormes se saisir d'un des types qui fuyait à mes côtés et l'emporter au-dehors plus vite qu'un éclair. Ses cris d'effroi résonnent encore aujourd'hui à mes oreilles.

Émue par ce témoignage, Luna posa une main bienveillante sur l'épaule de son cousin.

— Je comprends, Halfar. Dans ce cas, j'irai seule. Attends-moi ici.

Elle tourna les talons et s'éloigna d'un pas rapide. Mais Halfar la rejoignit presque aussitôt.

— C'est bon, je t'accompagne, soupira-t-il. Et si le Bouff'mort se montre, je m'offrirai à lui pour te laisser la vie sauve !

— Je ne t'en demande pas tant ! pouffa Luna en déposant un baiser sur sa joue. Juste d'être à mes côtés. Et, si le Bouff'mort se montre, nous l'affronterons tous les deux et il n'aura qu'à bien se tenir !

Halfar répondit par un sourire crispé et suivit sa cousine.

Ils débouchèrent bientôt dans un vaste hall aux murs décorés de fresques défraîchies. Luna se demanda un instant qui avait bien pu peindre de telles œuvres, mais, dès qu'elle aperçut en face d'elle la porte en bois aux dimensions impressionnantes, elle n'hésita pas. Elle traversa la pièce, posa sa main sur la poignée en bronze et tira le lourd battant de toutes ses forces.

Halfar la suivit sans un mot, mais une fois sur le seuil il tressaillit et resta prostré. Devant lui se mouvaient avec nonchalance des nappes blanchâtres, indolentes et silencieuses. Luna qui respectait la frayeur de son cousin lui tendit une main amicale.

— Ferme les yeux, lui susurra-t-elle. Je vais te guider. Aie confiance en moi, Halfar, et il ne nous arrivera rien.

Sans desserrer les mâchoires, le garçon serra la main salutaire et ferma les yeux. La jeune fille s'avança lentement sur le pont. La brume, épaisse et humide, se referma sur les deux adolescents tel un linceul blanc. Luna avait l'impression d'avancer dans du coton. Le brouillard était si dense qu'elle ne voyait pas le bout de ses pieds.

« Espérons que le pont ne s'arrête pas d'un coup, sinon, c'est la chute assurée ! » songea-t-elle, soudain anxieuse.

Dans sa main, celle d'Halfar, chaude et moite, trahissait sa peur. Pourtant il avançait courageusement dans cet univers qui le terrifiait. Son cœur se figea lorsqu'il sentit Luna s'arrêter, puis qu'il entendit des gonds métalliques grincer. La porte de la tour des Meurtriers s'ouvrait, enfin !

— Nous y sommes ! glissa Luna à son oreille en claquant la porte derrière eux.

— Merci, Luna. Désolé si j'ai pu te paraître lâche, mais…

— Halfar, objecta l'adolescente, tu n'as pas à te justifier. Pas avec moi, du moins. Par contre, maintenant, c'est à toi de veiller sur moi.

— Avec plaisir. Où veux-tu qu'on aille en premier ?

— Je ne sais pas. Wiêryn m'a dit qu'étant vivante je devrais être capable de repérer la présence d'Askorias.

— Et là, tu sens quelque chose ?

Luna se concentra, respira profondément, tourna sur elle-même, ferma les yeux.

— Non, je ne perçois rien de spécial. Peut-être me faut-il m'enfoncer davantage dans cette tour.

— Je vais te guider !

— Je croyais que tu n'étais jamais sorti de ta tour ; comment se fait-il que tu saches où aller ?

— Toutes les tours sont construites sur le même modèle, enfin, à ce qu'il paraît... Allez, suis-moi et garde la tête haute. Ne montre surtout pas aux esprits que nous croiserons que tu as peur.

— Mais je n'ai pas peur !

— Pour l'instant...

Luna haussa les épaules et suivit son cousin dans les méandres de la tour. Il s'avéra vite qu'Halfar avait raison. L'endroit était effectivement très fréquenté. À chaque croisement se tenaient des conciliabules d'individus étranges appartenant à des races que Luna n'avait jamais vues pour la plupart. Ils discutaient à voix basse avec des airs de conspirateurs, se taisant sur leur passage et les dévisageant de façon insistante, tantôt avec méfiance, tantôt avec mépris. Halfar et Luna évitaient de croiser leur regard et les dépassaient en s'efforçant de rester impassibles et en affichant une assurance qu'ils étaient pourtant loin d'éprouver.

Luna remarqua que certains esprits étaient armés. Épées, dagues, couteaux, haches ou même gourdins cloutés brillaient comme autant de menaces dans la lueur vacillante des torches fichées dans les murs. L'adolescente se demanda si les morts pouvaient ressentir de la douleur. Dès qu'ils furent un peu plus tranquilles, elle le demanda à Halfar.

— Bien sûr ! Lorsque nous organisons des duels, les blessures infligées par les armes sont aussi douloureuses que de notre vivant. La seule différence, c'est que nous ne saignons pas, que nos membres restent accrochés à notre tronc et que nous ne pouvons pas trépasser. La douleur n'en est que plus insoutenable.

— Alors, comment déterminer le vainqueur ?

— C'est celui qui sait transformer sa souffrance en force.

— Oh, j'en déduis que tu es drôlement fort ? fit Luna, admirative.

— Assez, répondit modestement le garçon.

Ils arrivèrent bientôt dans une salle aux proportions gigantesques. Au plafond, d'immenses chandeliers éclairaient la foule qui se tenait là, devisant ou complotant. Luna remarqua quelques femmes habillées bizarrement, mais elles étaient beaucoup moins nombreuses que leurs compagnons masculins. Elle suivait

Halfar qui se faufilait avec aisance entre les différents groupes quand ses yeux accrochèrent un détail qui l'interloqua. Deux paires d'ailes noires et rachitiques. Elle songea immédiatement à Zéhoul. Luna s'immobilisa et remarqua en même temps le visage d'ange de l'interlocutrice de la vieille sang-mêlé. Cette fois le doute ne lui fut plus permis. Elle reconnut toute de suite l'avarielle aux boucles blondes et aux ailes d'un rose poudré. Il s'agissait sans conteste de la perfide Nélyss, la meurtrière de l'impératrice des airs que Luna avait rencontrée à Nydessim. L'adolescente retint son souffle.

— Luna, lui chuchota son cousin en lui attrapant le bras, évite de dévisager ces gens ainsi. Les habitants de cette tour sont fort susceptibles et, en général, ils prennent ça pour de la provocation.

La jeune fille baissa les yeux, honteuse, et s'empressa de passer son chemin. Trop tard, hélas !

Nélyss avait senti le poids d'un regard insistant qui la dévisageait effrontément. Ses yeux clairs avaient quitté ceux de Zéhoul et aperçu la jeune elfe aux cheveux argentés qui tentait de disparaître dans la masse. Son cœur qui avait cessé de battre deux ans auparavant fit pourtant un bond dans sa poitrine. Luna !

Cette maudite peste de Luna était là. Depuis le temps qu'elle attendait de se venger…

L'avarielle glissa quelques mots à son interlocutrice et les deux anciennes complices se fondirent dans la foule sans perdre de vue leur proie.

Halfar et Luna quittèrent la salle bondée et parvinrent à une corniche qui débouchait à droite et à gauche sur deux immenses escaliers sculptés ; l'un descendait, l'autre montait. Halfar interrogea Luna du regard, mais elle se contenta de hausser les épaules. Il opta donc pour celui de gauche qui s'élevait vers les hauteurs de l'édifice. Pendant qu'ils grimpaient, Luna en profita pour demander :

— Pourquoi les esprits étaient-ils aussi nombreux dans le hall, tout à l'heure ?

— Les pièces qui nous sont attribuées sont des endroits très intimes qu'en général nous n'aimons guère partager, sauf avec des membres de la famille ou d'anciens amis. En fait, elles sont comme une part de nous, un lieu secret que nous tenons verrouillé. Impossible de pénétrer dans la pièce réservée à un esprit sans son autorisation. Aussi, si les esprits souhaitent discuter entre eux, conclure des affaires ou des alliances, ils se regroupent dans les couloirs ou dans des salles vides.

— En terrain neutre, en quelque sorte.

— Exactement.

Luna était en train de réfléchir à ce que venait de lui expliquer Halfar. Elle allait lui faire remarquer qu'elle était pourtant parvenue à entrer dans certaines de ces pièces, très inquiétantes au demeurant, quand une question s'imposa à elle :

— Au fait, à quoi ressemble la pièce qui t'a été attribuée ?

Halfar ne répondit pas tout de suite. Ils arrivaient au palier supérieur et une poignée de gobelins accoudés à la rambarde les toisèrent avec dédain. Luna s'apprêtait à réitérer sa question quand elle lut l'inquiétude sur le visage de son cousin. Croyant avoir gaffé, elle maudit sa curiosité déplacée et attendit qu'ils aient quitté l'endroit avant de s'excuser.

— Désolé, Halfar, je n'aurais pas dû te poser cette question indiscrète.

— Mon silence n'avait rien à voir avec toi, murmura Halfar. Mais je me méfie des gobelins que nous venons de croiser. J'ai cru reconnaître le patron de l'auberge de Dernière Chance, un certain Guizmo.

— Ce nom me dit quelque chose, dit Luna en fronçant les sourcils.

— Sinon, pour répondre à ta question, eh bien, ma pièce ressemble à mon appartement de Laltharils, au cœur du palais où j'ai grandi… Ma ville natale me manque, si tu savais !

Luna allait réconforter son cousin lorsqu'elle pila, comme électrisée par une sensation inédite. Un frisson glacé hérissa ses cheveux sur sa nuque.

— Que se passe-t-il ? s'inquiéta Halfar.

— Je… Je ressens quelque chose… comme une présence non loin… extrêmement malveillante.

— Askorias ?

— Sans doute. Ça vient de par là, fit Luna en désignant un corridor qui partait vers la droite.

Ils s'enfoncèrent sans hésiter dans les profondeurs de la tour. Ni l'un ni l'autre n'aperçut les silhouettes ailées qui les suivaient dans l'ombre.

Alors qu'ils arrivaient à un carrefour, Luna tressaillit à nouveau.

— Il est tout près, je le sens, chuchota-t-elle, anxieuse.

— Par ici ou par là ? demanda Halfar.

— Par là ! fit-elle sans hésiter.

Ils allaient se glisser dans le corridor qu'elle avait désigné quand il en jaillit un hululement strident. Les deux adolescents retinrent leur souffle, effrayés. Ils mirent une seconde avant de comprendre qu'il s'agissait d'un cri de guerre. Celui des gobelins passant à l'attaque.

Halfar n'eut que le temps d'entraîner sa cousine dans la direction opposée; les quatre créatures, brandissant haches émoussées et poignards rouillés, se lancèrent à leurs trousses en hurlant comme des démons.

Zéhoul et Nélyss regardèrent passer leurs alliés providentiels en ricanant. Même si la mort de cette petite garce de Luna était une satisfaction, la faire souffrir serait une réjouissance supplémentaire. Ces stupides gobelins rencontrés par hasard ne s'étaient pas fait prier pour se mettre en chasse et poursuivre les deux intrus. Nélyss leur avait juste indiqué par où passer afin de prendre leurs proies à revers et de ne leur laisser aucune possibilité de fuite.

Affolés, les deux adolescents fuyaient sans se retourner. Halfar aurait été seul, il aurait affronté ces brutes sans hésiter, mais il ne pouvait pas prendre le risque de laisser un seul de ces gobelins toucher Luna. Sa cousine n'était pas un esprit. Une seule éraflure et le subterfuge serait découvert. Une seule goutte de sang et ce serait tous les habitants de la tour qui se précipiteraient pour profiter de la curée générale. Il devait à tout prix éviter cela.

Ce qu'il ignorait c'était qu'au bout du couloir se trouvait une porte. Verrouillée.

17

Halfar distingua la porte le premier. Sans cesser de courir, il jura entre ses dents, sentant la panique le gagner. Il savait d'avance que le battant ne s'ouvrirait pas. Aucun esprit ne pouvait pénétrer le territoire d'un autre. Chaque pièce était un refuge inviolable. Sauf…

« Sauf pour les membres d'une même famille et pour les nécromanciens ! » se rappela-t-il avec un regain d'espoir. C'était même pour cette raison que les défunts détestaient tant ces sorciers qui défiaient la mort et violaient sans vergogne leur intimité.

Une pensée fulgurante jaillit dans l'esprit du garçon. Et si Luna jouissait du même privilège ? Certes, elle n'était une adepte ni de la magie noire ni de rites funèbres, mais, en tant que mortelle, peut-être pourrait-elle déverrouiller la porte. De toute façon, il n'y avait pas d'autre solution.

— Luna, tu vois cette porte? demanda-t-il sans ralentir. Dès que nous l'atteindrons, dépêche-toi de l'ouvrir, je t'en supplie!

— D'accord!

Cinq secondes leur suffirent à la toucher. Luna saisit la poignée et la fit tourner dans sa main. La porte s'ouvrit. Les deux adolescents se faufilèrent dans la pièce et claquèrent la porte derrière eux. Ni l'un ni l'autre n'eut le loisir de distinguer l'araignée stylisée sculptée dans le bois sombre.

Entraînés par leur élan, les gobelins ne purent s'arrêter à temps. Ils s'écrasèrent lourdement contre le battant et s'encastrèrent les uns dans les autres en couinant de rage. Furieux et vexés de voir leurs proies leur échapper, ils se mirent à s'invectiver, à s'injurier et à s'accuser les uns les autres. Le plus grand s'apprêtait à abattre sa hache sur le crâne de son acolyte quand il avisa les deux avarielles qui les avaient mis sur la piste des elfes. Elles s'étaient immobilisées à une dizaine de mètres et cherchaient à comprendre par quel prodige les deux elfes avaient pu franchir cette porte censée leur bloquer la route.

— C'est leur faute à elles! hurla le gobelin. Sus aux traîtresses!

— Ouais! À mort les traîtresses! renchérit un deuxième meurtrier en brandissant son poignard.

Il avait à peine prononcé ces paroles qu'un troisième lui asséna une claque sur la nuque.

— Triple andouille, elles sont déjà mortes! Mais on peut toujours s'amuser à leur faire du maaaaaal! hurla-t-il, agressif, en se précipitant en direction des avarielles.

Ses acolytes bondirent à sa suite en poussant des cris aigus, fous de joie à l'idée de se battre. Zéhoul et Nélyss, effrayées, maudirent leur malchance et prirent leurs jambes à leur cou.

De l'autre côté de la porte, Halfar et Luna retenaient leur respiration en se demandant finalement s'ils n'auraient pas mieux fait d'affronter les gobelins déchaînés.

À l'instant même où ils avaient mis un pied dans la pièce, l'un comme l'autre avait reconnu l'immense salle du trône nichée au cœur du monastère de Lloth. Aux murs, des milliers de crânes témoignaient des cruels sacrifices offerts à la déesse araignée. Au centre se trouvait le siège d'obsidienne où officiait autrefois la grande prêtresse. Au plafond, des bougies pourpres flottaient dans l'air et diffusaient une lueur sinistre.

— Crois-tu que nous soyons tombés sur l'antre de matrone Zesstra? murmura Luna, livide. Parce que je ne tiens franchement pas à revoir cette vieille folle !

— Si ça peut te rassurer, je n'ai pas plus envie de tomber sur Zélathory ! lâcha Halfar.

— À moins qu'on ne soit chez l'une de leurs nombreuses aïeules ! Je suppose que cette salle existait déjà il y a des centaines années, non ?

— Et tu crois qu'elles seront plus hospitalières ?

— J'en doute, concéda Luna en grimaçant. On ferait peut-être mieux de faire demi-tour avant qu'il ne soit trop tard.

Halfar hésita et regarda la porte en bois qui paraissait absolument incongrue au milieu de la salle aux crânes.

— Attendons encore un peu. Si la propriétaire des lieux s'est absentée, rien ne nous oblige à partir tout de suite. Les gobelins ne sont pas de nature patiente, ils vont vite se lasser d'attendre. D'ici quelques minutes, je pense que la voie sera libre.

Luna allait acquiescer quand une voix glaciale la figea d'effroi.

— Qui ose troubler mon repos ?

Halfar pivota aussitôt et, reconnaissant l'hôte des lieux, vint se placer devant sa cousine. Face à lui se tenait la gironde Zélathory, toute de violet vêtue. Elle portait un diadème d'ambre et sur sa poitrine opulente tombaient des dizaines de colliers de pierres précieuses dont les facettes multicolores réfractaient la lumière des bougies.

— Ça alors, Halfar! Mon petit Halfar. Je ne m'attendais vraiment pas à une telle surprise! Mais permets-moi de m'étonner : comment se fait-il que tu sois parvenu à ouvrir la porte de mon domaine privé?

Le jeune homme qui préférait taire le secret de sa cousine inventa la première réponse qui lui vint à l'esprit.

— C'est sans doute grâce à notre lien familial, chère tante! Comme je passais dans le coin, j'ai pensé qu'une petite visite vous ferait plaisir.

L'imposante matriarche fronça les sourcils, méfiante, et s'approcha de son neveu en se déhanchant exagérément.

— Hum, notre lien, comme tu l'appelles, n'a pas empêché ton bâtard de père de venir me trucider, moi, sa propre sœur!

— Imaginez ce que je ressens! Il est également responsable de ma mort!

Zélathory dodelina de la tête en souriant méchamment.

— Je sais qu'il t'a assassiné. Le pauvre Sarkor avait tellement de remords qu'il est venu alléger sa conscience en m'assassinant à mon tour, ajouta-t-elle, ironique. Tu te rends compte de quel être abject c'était! Ma seule consolation c'est que mes fidèles guerrières ne lui ont sûrement pas laissé la vie sauve. Ton père est mort, n'est-ce pas ?

Halfar hésita un instant, puis il opta pour la vérité.

— En effet. Il a rejoint ma mère au royaume des dieux où il est devenu un ange.

— Un ange, lui ! manqua de s'étrangler la matriarche en sursautant. Ce meurtrier, ce tueur, cet assassin ? Quelle honte ! C'est vraiment n'importe quoi !

Halfar eut un geste désabusé.

— À croire que ceux qui décident de notre sort *post mortem* ont jugé votre mort et la mienne comme des actes héroïques dignes de racheter ses fautes antérieures ! Qui sommes-nous, de toute façon, pour contredire leur jugement et remettre en question leur bon sens ?

Zélathory, perplexe, scruta ses traits d'un air soupçonneux en se demandant s'il se moquait d'elle ou non. Mais Halfar ne comptait guère s'attarder dans ce lugubre endroit.

— Bon, eh bien, chère tante, je ne saurais abuser davantage de votre hospitalité. Ravie de vous avoir revue !

Il se retourna prestement tout en poussant Luna vers la porte. Il s'apprêtait à saisir la poignée quand une main potelée couverte de bagues énormes le devança.

— Ben voyons, Halfar, grinça la matriarche, tu ne comptais pas t'en aller sans m'avoir présenté ton adorable amie argentée, n'est-ce pas ? Comment s'appelle-t-elle ?

— Je suis la cousine d'Halfar, la princesse Sylnodel, s'empressa de répondre .Luna en soutenant le regard de braise de la drow.

— Oh, lâcha l'autre, impressionnée. Aurions-nous un lien de parenté également ?

— Très indirectement, car je suis la fille d'Ambrethil et d'Elkantar And'Thriel.

Les yeux écarlates de la matriarche étincelèrent soudain d'un éclat plus vif.

— Ne serais-tu pas par hasard… la sœur de Sylnor ?

— Vous parlez certainement de matrone Sylnor ? rectifia Luna en cachant son amusement.

Ni le rictus de haine qui déforma le visage de Zélathory ni ses poings crispés ne lui échappèrent. L'adolescente crut un instant que la drow allait laisser exploser sa fureur, mais elle parvint finalement à se maîtriser.

— Matrone, hein ? répéta-t-elle, feignant l'indifférence. Je savais bien que cette ingrate sournoise et arriviste briguait mes privilèges.

Grrr! j'aurai dû l'éliminer quand j'en avais encore l'occasion!

— Maintenant que les présentations sont faites, reprit Halfar en attirant Luna contre lui, je vous prie, ma tante, de bien vouloir nous excuser. Il se trouve que Sylnodel et moi-même avons une affaire des plus urgentes à régler.

— Pas si vite! s'écria Zélathory en saisissant brusquement le poignet droit de l'adolescente.

Mais, au contact de cette peau étrangement douce et ferme, la matrone hoqueta de stupeur. En resserrant son étreinte, elle planta ses iris flamboyants dans ceux de Luna.

— Mais on dirait que tu viens juste d'arriver ici, ma toute belle. Ton corps semble n'avoir encore rien perdu de sa souplesse et de sa fraîcheur. Quelle chance!

Plus que méfiant, Halfar se tenait sur ses gardes, prêt à bondir sur sa tante pour libérer Luna.

— Dis-moi, ma douce, qu'as-tu commis d'aussi répréhensible pour atterrir chez les meurtriers?

— J'ai tué mon père, rétorqua Luna froidement.

— Quelle étrange coïncidence! pouffa la matrone. J'ai également assassiné ma mère, Zesstra. Tu l'as connue, il me semble.

— J'ai eu cette joie, en effet, dit l'adolescente, toujours imperturbable malgré la pression de plus en plus implacable qu'exerçait la drow sur son poignet.

— Et comment es-tu morte, ma pauvre chérie?

— Je… j'ai eu un tragique accident, inventa Luna, tout en cherchant désespérément de la main gauche son arme coincée du côté droit. Je… suis tombée d'une falaise.

— D'une falaise, hein…

Alors se produisit l'impensable.

Flairant le subterfuge, Zélathory planta d'un coup ses dents aiguisées dans l'avant-bras de Luna qui hurla de douleur. La peau pâle et tendre comme de la soie se déchira, libérant un flot de sang rouge vif qui aspergea la peau sombre de l'ancienne matriarche.

— Je le savais! s'esclaffa-t-elle, comme ivre de joie, sans relâcher l'étau autour du poignet de Luna qui se débattait à présent. Hum quel délice! Merci Halfar!

Mais la matriarche avait remercié un peu tôt son neveu.

S'emparant de la feuille de yucca toujours coincée dans la ceinture de Luna, Halfar se jeta sur Zélathory. La pointe affûtée de la plante s'enfonça entre les côtes de la drow qui tressaillit de surprise autant que de douleur et lâcha sa proie. Ses yeux se révulsèrent. Un cri muet s'échappa de ses lèvres entrouvertes. Elle retomba lourdement sur le sol, tétanisée.

Halfar semblait interloqué. Il comptait faire suffisamment mal à la maléfique ex-matrone pour qu'elle lâchât Luna et qu'ils pussent s'enfuir, mais en aucun cas il ne s'était attendu à une telle réaction.

— Wiêryn a ensorcelé cette feuille, précisa Luna en la retirant du corps momentanément pétrifié pour la glisser à nouveau dans sa ceinture. Merci, Halfar! Sans toi, cette grosse truie m'aurait dévorée vive!

— Quelle affreuse bonne femme! enragea le jeune homme en arrachant d'un coup sec le bas de sa robe violette. Donne-moi ton bras, que je nettoie et bande ta blessure. Il ne faut surtout pas que les autres esprits sentent l'odeur de ton sang! Ils vont tous rappliquer, s'ils se doutent que ce délice est à leur portée.

Luna obéit et se laissa soigner, grimaçante.

— Les démons raffolent du sang frais. Les nécromanciens le savent. Et aucun d'entre eux ne s'aventure ici sans fioles du précieux liquide pour monnayer quelques renseignements ou services.

— Et toi, cela ne te tente pas? s'inquiéta Luna.

— Absolument pas ! Voilà longtemps que j'ai renoncé à mon côté obscur, la rassura son cousin en serrant le nœud du pansement improvisé. Allez, Luna, en route. Il est plus que temps de retrouver Askorias. J'espère que tous ces contretemps ne nous en auront pas fait perdre la trace.

Sans un regard pour son ancienne patronne, Halfar entrouvrit la porte. Rassuré de découvrir le couloir désert, il s'y glissa et entraîna sa cousine derrière lui.

Les deux adolescents revinrent sur leurs pas, jusqu'au carrefour où Luna avait senti la présence du nécromancien. Mais elle semblait s'être dissipée, pour sa plus grande déconvenue.

— Quel manque de chance ! grommela Luna.

— Nous venions de la droite, alors que les gobelins qui nous ont attaqués arrivaient d'en face. Que dirais-tu d'aller à gauche ?

Luna hocha la tête, dépitée, et suivit son cousin sans ajouter un mot. Elle n'osait pas l'avouer, mais elle commençait à être fatiguée d'arpenter ces tours de long en large et de bas en haut. Curieusement, même si elle n'avait ni faim ni soif, elle sentait ses forces décliner. Et puis, la morsure de cette furie l'élançait terriblement. Elle avait la désagréable sensation que des centaines de fourmis rouges la rongeaient de l'intérieur.

Ils marchaient déjà depuis un moment quand Halfar se retourna, visiblement inquiet.

— Tu te sens bien ?

— Ça va, mais je…

— Quoi ? dit le garçon qui s'était figé en voyant sa cousine blême.

— Il est là ! s'écria soudain Luna. Askorias ! Je le sens, juste derrière cette porte.

Halfar observa le battant en bois clair, joliment veiné de lignes plus foncées. Aucun signe distinctif ne le différenciait des autres. Il haussa un sourcil avant de demander :

— Tu en es sûre ?

— Certaine, fit-elle en dégainant son poignard végétal. On y va ?

Comme Halfar approuvait, Luna ouvrit brusquement la porte.

Le paysage qui s'imposa à eux les laissa pantois. Il ne s'agissait pas du territoire privé d'un esprit, mais d'une immense terrasse baignée de lumière laiteuse. Les nappes de brouillard stagnaient, comme en suspension, immobiles dans l'air figé. Au loin, on devinait un parapet contre lequel s'appuyait une silhouette allongée, comme un homme de dos scrutant la brume impénétrable.

— C'est lui, murmura Luna en tournant la tête vers son cousin.

Elle découvrit un Halfar livide, adossé à la porte, paralysé par la peur que lui inspirait cette brume maléfique.

— Reste là, fit-elle en lui effleurant la main. Je vais utiliser mon pouvoir. Askorias n'a aucune chance de m'échapper.

— Certainement pas! gronda le garçon en serrant les mâchoires. Pas question que tu l'affrontes seule. Je viens avec toi!

Surmontant sa phobie, Halfar prit une grande inspiration et emboîta le pas de Luna.

Sans un bruit, les deux adolescents fendirent la brume pour s'approcher de la forme sombre dont les contours se dessinaient un peu plus nettement dans la masse compacte du brouillard.

Ils n'étaient plus qu'à quelques mètres quand Luna sentit une langue glaciale caresser sa nuque. Elle sursauta et jeta un regard affolé en arrière.

— Quoi? chuchota Halfar dont l'angoisse déformait les traits.

Un doigt sur la bouche, Luna lui imposa le silence et avança d'un pas supplémentaire. Inutile d'effrayer davantage son cousin. Ce n'était pas un filet d'air qui allait les emporter! Mais à peine eut-elle posé le pied par terre qu'un tentacule d'ombre surgit du néant blanchâtre à une vitesse terrifiante. Luna fit un bond de côté pour l'éviter. Elle réalisa avec effroi une seconde plus tard que ce n'était pas elle, que le monstre de brume visait.

Un hurlement de terreur déchira l'air lorsque le tentacule s'empara d'Halfar. Telle une pieuvre géante, la créature de brouillard, aussi puissante que rapide, emporta le corps du malheureux dans les profondeurs du vide laiteux. Une seconde lui suffit à le faire disparaître.

Épouvantée, Luna s'élança vers le parapet en criant le nom du jeune homme. Des larmes de rage, brûlantes comme de l'acide, noyaient ses yeux clairs. Penchée au-dessus du vide, elle avait oublié la présence d'Askorias et hurlait toute sa colère et sa souffrance. En vain. Elle s'effondra désespérée contre le mur en pierre lorsqu'elle comprit que la brume implacable ne lui rendrait pas son cousin.

Elle pleurait à chaudes larmes quand une pression sur sa gorge la fit suffoquer. Elle crut un instant que le monstre de brume était revenu pour la prendre à son tour. Mais un ricanement éclata à ses oreilles.

— Comme ça, on s'amuse à m'espionner, sale petite fouineuse! Il ne t'est pas venu à l'esprit que, si tu me sentais, je te sentais également?

Comprenant qu'il s'agissait d'Askorias, Luna ferma les yeux et banda son esprit, puisant en elle la force intérieure capable de terrasser son ennemi. Elle s'apprêtait à la libérer quand brusquement toute l'énergie accumulée reflua dans sa tête avec la violence d'une gifle. Sonnée, l'adolescente sentit ses tempes bourdonner furieusement.

— Ne t'avise pas de recommencer ce genre de truc, maudite gamine! fulmina le vieux nécromancien en secouant Luna avec rudesse. Je maîtrise ce pouvoir depuis bien plus longtemps que toi!

— Lâchez-moi! gémit Luna, en cherchant à échapper à son étreinte.

— Certainement pas! Maintenant que le Bouff'mort a réglé son compte à ton ami, je vais me faire une joie de te supprimer à ton tour. Avec ça, peut-être?

Il brandit la feuille de yucca qu'il venait de lui arracher.

— C'est Sylnor, qui va être contente! Depuis le temps qu'elle rêve de te voir morte.

— Vous êtes un monstre! lui lança-t-elle sans cesser de se débattre.

— Et j'en suis fier! rétorqua l'autre dans un nuage de postillons, en plaquant la feuille tranchante sur le cou de sa victime. Quand j'en aurai fini avec toi, j'accomplirai ce pour quoi je suis venu. Et c'en sera fini d'Hérildur. Ta sœur pourra donner libre cours à sa sauvagerie et massacrer les tiens. Quelle joie d'avoir participé à ce génocide sans précédent!

Luna allait lui envoyer une réplique cinglante quand il agrippa sa tresse pour tirer violemment sa tête en arrière. La bouche de l'adolescente s'ouvrit sur un cri de douleur qui ne sortit pas. Le souffle coupé, elle ferma les yeux, redoutant la lame végétale qui s'enfoncerait bientôt dans sa gorge offerte.

Elle ne vit pas la large silhouette qui déchirait la brume et se précipitait vers eux.

Elle ne vit pas non plus le sabre étincelant décapiter le nécromancien. La tête du drow roula sur la terrasse dans une gerbe carmin. Mais son corps bascula par-dessus le muret, entraînant dans sa chute celui de Luna.

Elkantar se pencha au-dessus du parapet pour rattraper sa fille, pensant que, comme lui, elle flotterait dans l'épais brouillard. Le regard révulsé, il vit l'adolescente chuter dans les nappes brumeuses jusqu'à disparaître tout à fait. Il hurla de douleur comme jamais il n'avait hurlé.

18

Monté sur son étalon, Darkhan galopait à bride abattue en direction de Laltharils. Son estomac était noué par la peur, mais c'était de la rage qui bouillonnait dans sa tête. Comment avaient-ils pu être aussi naïfs et croire que la matriarche lancerait ses meilleurs guerriers en premier! Ils avaient pensé que sa jeunesse et son inexpérience la pousseraient à commettre l'erreur d'attaquer de front. Mais Sylnor les avait bien eus, tous autant qu'ils étaient.

Personne n'avait imaginé un seul instant qu'elle ferait appel à toute la population de Rhasgarrok. Rien que de réunir ces races aussi disparates et belliqueuses pour les intégrer à une armée en bataillons aussi bien organisés relevait de l'exploit. Mais de penser à flatter l'orgueil de ces brutes épaisses en les laissant partir à l'assaut en premier comme s'il s'agissait d'un honneur suprême, ça, c'était vraiment génial. Ces stupides trolls, orques, gobelins et autres crétins n'y avaient vu que du feu. Ils avaient foncé tête baissée dans les traquenards mis au point pour accueillir les drows. Les pertes avaient été considérables, mais sans importance aucune pour Sylnor. Ceux qui avaient survécu aux pièges avaient réussi à clairsemer de façon inquiétante les rangs des elfes. Mais, le pire, c'était que ces bataillons de guerriers les avaient détournés de leurs véritables ennemis, les drows. Occupés à massacrer les gobelins, les mercenaires et les nains, les elfes de la surface n'avaient pas eu le temps de s'inquiéter des elfes noirs. Or, Darkhan venait d'apprendre en interrogeant sous hypnose un prisonnier halfelin que la véritable armée de Sylnor avait préféré contourner la forêt pour attaquer Laltharils à revers. À l'heure qu'il était, les troupes drow se trouvaient peut-être déjà aux abords du lac.

Tout en galopant, il ne cessait de prier Eilistraée pour ne pas arriver trop tard. Il n'avait plus qu'une idée en tête : mettre à l'abri les femmes et les enfants restés dans la cité. Surtout sa douce Assyléa et son petit Khan. Comment pourrait-il survivre s'il leur arrivait quoi que ce fût ? Heureusement qu'Ambrethil et Cyrielle étaient restées avec tous ceux qui ne pouvaient combattre afin d'ordonner le repli vers la forteresse d'Eilis! Mais, la réalité, c'était que personne ne s'attendait à une attaque par le sud, et surtout pas à voir déferler plusieurs milliers de drows.

En trépignant d'impatience autant que d'angoisse, Darkhan frappa les flancs de sa monture pour l'inciter à aller plus vite, mais la pauvre bête éreintée donnait déjà son maximum. Lorsqu'il atteignit enfin les vergers qui bordaient la lisière nord de la ville, il tenta à nouveau de faire accélérer son étalon qui, cette fois, puisa dans ses dernières forces, sentant peut-être l'écurie toute proche. Telle une flèche, le cheval s'engouffra dans les rues désertes de la ville, manquant de déraper à chaque virage, et ne s'arrêta qu'au bas des marches du palais. Darkhan sauta à terre et gravit l'escalier en courant. Lorsqu'il avisa les gardes en faction devant la porte majestueuse, il libéra un soupir de soulagement: il n'arrivait pas trop tard. Pourtant il savait qu'il n'y avait pas une minute à perdre.

— Où est la reine? s'écria-t-il à bout de souffle.

— Sa Majesté se trouve dans la salle du conseil, fit l'un des soldats. Avec dame Edryss et dame Cyrielle.

— Et avec le seigneur Platzeck qui est arrivé il y a moins d'une heure, ajouta son acolyte.

Darkhan les remercia d'un geste de la main et fila sans attendre. Lorsqu'il ouvrit la porte de la salle du conseil, les quatre amis sursautèrent en voyant sa mine défaite.

— Darkhan! s'exclama Ambrethil en se précipitant vers lui. Louée soit la déesse, tu es vivant!

Le guerrier la serra dans ses bras avant de la repousser gentiment.

— Des nouvelles de Kendhal? demanda-t-il.

— Hélas, aucune depuis le départ de ses troupes vers le nord-ouest. Les dieux fassent qu'il ne lui soit rien arrivé!

Darkhan sentit sa gorge se nouer. Surmontant son trouble, il se tourna vers Platzeck:

— As-tu eu beaucoup de pertes de ton côté?

— Assez peu, mais ce qui m'inquiète c'est que je n'ai vu aucun drow. Des trolls, des gobelins et même des créatures infernales, sûrement des démons invoqués par quelque mage noir, mais pas l'ombre d'un drow.

— Où sont-ils passés? murmura Cyrielle, blanche comme un linge.

Darkhan sentit son cœur se serrer. Ainsi les autres ne se doutaient de rien…

— Un des prisonniers m'a révélé que Sylnor comptait nous prendre à revers, révéla-t-il. Les drows vont débarquer par le sud d'un instant à l'autre.

— Par Eilistraée, non ! s'écria la reine, livide. Pourquoi n'y avons-nous pas songé ?

Darkhan secoua la tête.

— Jamais dans toute l'histoire des guerres elfiques les drows n'ont intégré d'autres races à leurs armées. Cela aurait été inconcevable. Je crois que nous avons sous-estimé l'audace de la nouvelle matriarche.

Mortifiée en songeant qu'il s'agissait de sa fille, Ambrethil baissa la tête. Elle aurait voulu disparaître sous terre. Edryss se leva. La détermination se lisait sur son visage.

— Nous devons immédiatement évacuer Laltharils et Verciel. Tout le monde doit se réfugier à Eilis.

Mais Platzeck semblait désespéré.

— Sans vouloir dramatiser, mère, je ne pense pas que cela soit une si bonne idée, finalement.

Tous les visages convergèrent dans sa direction.

— Pourquoi cela ? interrogea Cyrielle en lui prenant le bras. Le quartier des elfes noirs est l'endroit le plus sûr de toute la ville et nous y avons amassé suffisamment de vivres pour y survivre presque un mois. Là-bas, nous ne risquerons rien.

— Ça, c'était avant, insista le jeune sorcier, lorsqu'on croyait que nombre de nos ennemis seraient tombés dans nos pièges, lorsqu'on pensait encore pouvoir lutter contre eux, lorsqu'on s'imaginait les prendre à revers devant les portes de la forteresse pour les mettre en déroute.

— Mais la donne a changé, comprit Darkhan. L'armée de Sylnor est encore intacte et ce sont des milliers de drows qui vont bientôt déferler sur nous.

— Exactement, poursuivit Platzeck. Si nous nous réfugions à Eilis, cette forteresse deviendra notre tombeau. Les drows veulent du sang et ce ne sont pas deux portes, aussi bien protégées soient-elles, qui les arrêteront. Sylnor ne quittera pas la ville sans en avoir massacré les habitants jusqu'au dernier. Et nous sommes trop peu, à présent, pour lutter contre ses hordes.

— Que proposes-tu, dans ce cas? demanda Edryss à son fils.

— De fuir vers le nord. D'aller nous cacher dans les montagnes Rousses.

— Mais… et les enfants, tu y penses? s'inquiéta Cyrielle. Jamais ils ne pourront marcher aussi vite que nous. Les troupes drows auront tôt fait de nous rattraper. Tu imagines le massacre !

— Ma tante, l'interpella pourtant Darkhan, qu'en penses-tu ?

Ambrethil haussa les épaules, anéantie.

— Je… j'ignore ce que nous devons faire. Prendre la fuite me semble beaucoup trop risqué, mais s'enfermer dans Eilis ne me paraît plus être la meilleure des solutions. À moins que…

— Que quoi ? la pressa Darkhan, le cœur battant.

— Avant de partir pour Outretombe, Luna m'a parlé d'une autre possibilité de repli.

— Laquelle ? s'enquit Edryss en plissant ses yeux d'ambre.

— Elle m'a fait promettre, au cas où les choses tourneraient mal, de contacter le Maré-cageux. Lui saurait quoi faire, m'a-t-elle assuré. Elle a insisté pour qu'on l'écoute attentivement et qu'on lui fasse confiance.

— Le Marécageux ? répéta Cyrielle, incrédule. Ne serait-ce pas le vieil ermite qui l'a élevée et qui vit au sud de… Oh, par Abzagal, non !

Ils s'arrêtèrent tous brusquement de respirer. Ils venaient de prendre conscience de l'horreur de la situation. À l'heure actuelle, le pauvre elfe sylvestre devait gésir dans son propre sang, égorgé ou décapité par une lame drow.

Darkhan ferma les yeux pour retenir ses larmes. Il appréciait le mentor de Luna et savait à quel point sa cousine lui était attachée. Elle le considérait comme son grand-père et sa mort serait pour elle une véritable tragédie. Au-delà de ce drame, cela signifiait aussi que la solution de repli évoquée par Ambrethil n'existait plus.

Ils étaient là, tous les cinq, désemparés et silencieux, à se demander quoi faire quand Thyl frappa aux carreaux de la baie vitrée avec une telle force qu'il manqua d'en casser un.

Cyrielle se précipita vers la porte-fenêtre pour laisser entrer son cousin.

— Les urbams! hurla-t-il en faisant de grands gestes affolés. Les drows ont lâché leurs urbams sur nous!

La terrible nouvelle laissa l'assistance muette de stupeur. Personne ne bougea, personne ne répliqua, trop choqué pour réagir.

— Vous devez évacuer la ville de toute urgence. Vite, tous à Eilis! les exhorta l'empereur des avariels avec insistance.

— Et vous? demanda Darkhan d'une voix blanche.

— Dès que nos sentinelles ont aperçu les urbams, nous avons donné l'alerte. Verciel était vide bien avant que ces maudites créatures n'y arrivent. Nos femmes et nos enfants vous attendent à Eilis. Allez, sonnez le tocsin. Mes hommes ne pourront retenir ces monstres plus longtemps : il est grand temps de fuir !

Un regard suffit aux souverains pour comprendre ce qu'il leur restait à faire. Sans un mot, ils se précipitèrent hors de la pièce. Platzeck mit à profit son pouvoir de vélocité pour se rendre au plus vite à Eilis afin d'accueillir les nouveaux arrivants dans l'ordre et le calme. Cyrielle décida de suivre Ambrethil pour l'aider à évacuer les elfes de lune. Quant à Edryss et Darkhan, ils s'occuperaient des elfes de soleil que la reine avait invités à se réfugier dans l'aile nord du palais depuis le début des hostilités.

Moins de dix minutes plus tard, Laltharils se vidait de ses occupants.

Femmes, enfants, vieillards, munis de leurs maigres effets personnels, se précipitaient vers l'ancien quartier des elfes noirs, escortés par les gardes du palais et les soldats rescapés. Ambrethil, Darkhan et une poignée de guerriers fermaient le cortège. La reine tenait entre ses bras la relique de son peuple. Son neveu serrait contre lui le bouclier sacré des elfes de soleil et priait sans relâche pour que Kendhal soit sain et sauf.

« Ce n'est pas normal, ne cessait-il de se répéter avec angoisse, il devrait être de retour. Oh, Eilistraée fasse qu'il ne lui soit rien arrivé ! Ce serait vraiment trop injuste pour son peuple, pour Luna… Je n'aurais jamais dû le laisser partir seul. C'était bien trop risqué. Il est encore si jeune, si inexpérimenté. J'aurai dû l'accompagner ! C'est de ma faute, tout est de ma faute ! »

Soudain, alors qu'ils étaient déjà à mi-chemin de la forteresse, un détail qu'il avait refoulé loin dans son esprit s'imposa à lui. Darkhan pila.

— Ambrethil ! s'exclama-t-il, livide. Nous avons oublié Bromyr !

La reine plaqua sa main contre sa bouche pour retenir un juron et dévisagea son neveu. Que convenait-il de faire ? Avant qu'elle ait pu dire quoi que ce soit, il lui tendit le talisman des elfes de soleil.

— Tiens, porte-le à Eilis, moi je retourne au palais. Les torts de Bromyr sont nombreux, mais le laisser dans sa geôle à la merci des drows serait criminel.

— Tu ne vas tout de même pas l'amener avec nous ?

— Non, je vais le libérer. Avec un peu de chance, il parviendra à sauver sa peau. Sinon, j'aurai au moins la conscience tranquille.

Mais Ambrethil secoua la tête avec véhémence.

— Non, Darkhan, c'est trop tard. Ne fais pas demi-tour, c'est trop risqué! Tu as songé à ta femme et à Khan qui t'attendent à Eilis? Que vais-je leur dire? Que tu risques ta vie pour sauver un traître?

— Tu sauras trouver les mots justes, ma tante, je te fais confiance, rétorqua le guerrier d'une voix douce. Mais je dois laisser à Bromyr une chance de s'en sortir. Et… l'absence de Kendhal m'angoisse terriblement. Dès que j'aurai libéré le prisonnier, je tâcherai d'aller au-devant de notre jeune ami. S'il n'a pas rejoint le palais, c'est sûrement qu'il a besoin d'aide.

— Mais c'est de la folie! Tu es tout seul, Darkhan! gronda la reine, furieuse.

— Si je ne le fais pas, je ne pourrai jamais plus me regarder dans une glace. Je dois faire ce que me dicte ma conscience. Adieu, ma tante! Que la déesse veille sur toi et sur Luna!

À peine eut-il prononcé ces paroles qu'il rebroussa chemin sans attendre.

Ambrethil le regarda disparaître, la vue brouillée par les larmes. Elle demeura immobile jusqu'à ce qu'un des guerriers qui l'accompagnait ose lui prendre le bras pour lui enjoindre d'avancer.

Une demi-heure plus tard, alors que la citadelle d'Eilis venait à peine de fermer ses portes, une marée d'urbams déchaînés déferla sur Hysparion, pendant qu'une deuxième vague s'abattait sur le palais de Laltharils. Aucun d'entre eux n'avait eu l'idée de s'enfoncer dans la végétation de la rive est. Ils étaient passés devant Eilis sans même en soupçonner l'existence.

Munis de gourdins, de haches, de pieux ou de hallebardes, les urbams ne rêvaient que de perforer, de trancher, d'éventrer et de s'abreuver enfin du sang frais que matrone Sylnor leur avait promis. Mais malgré leurs efforts et leur motivation, ils ne trouvèrent pas âme qui vive.

Leur déception fut à la hauteur de leur avidité. Fous de rage, s'estimant trompés et bafoués, les milliers de monstres se mirent à tout saccager autour d'eux. Des maisons douillettes, des intérieurs richement aménagés, des palais somptueux, des jardins bucoliques, il ne resta bientôt plus rien.

Mais les elfes de Laltharils savaient ce qu'impliquait la fuite. Ils étaient conscients qu'en quittant leur cité rien n'échapperait à la folie destructrice des drows ou de leurs alliés. Ils avaient tout prévu. Se réfugier à Eilis signifiait tout abandonner derrière eux. Quitte à tout perdre, ils s'étaient dit qu'il valait mieux le faire avec panache.

Totalement accaparés par leur folie destructrice, les urbams n'entendirent même pas les détonations des charges explosives placées aux points stratégiques des différents quartiers de la cité. Verciel, Hysparion et Laltharils explosèrent au même moment. Le sol trembla, les murs s'effondrèrent, les toitures s'embrasèrent. Les milliers d'urbams périrent dans les flammes ardentes qui montaient comme des larmes rougeoyantes et teintaient l'azur de sang.

Matrone Sylnor, pourtant soulagée d'avoir pu pénétrer sur le territoire ennemi sans problème, était restée en arrière avec quelques-unes de ses troupes, à un kilomètre environ au sud du lac. Lorsqu'elle perçut les explosions, elle devina ce qui était en train de se produire et elle tressaillit de colère. Jamais elle n'aurait cru les elfes capables de saborder ainsi leur cité. Elle entra dans une rage folle, injuriant tous ceux qui se trouvaient à ses côtés. Une fois de plus, ce fut sa fidèle Ylaïs qui parvint à lui faire entendre raison.

— Inutile de vous mettre dans des états pareils, maîtresse ! lui fit-elle en l'entraînant à part. Après tout, vous avez eu ce que vous vouliez.

— Comment ça? hurla l'autre. Jusqu'à présent tout s'était déroulé à la perfection, mais là, c'est la catastrophe! Je voulais juste que les urbams fassent du vide avant notre arrivée pour le coup de grâce, pas que la ville flambe sous mes yeux!

— Mais voyez le bon côté des choses, enfin! reprit la première prêtresse. Vous vouliez vous débarrasser des urbams; c'est maintenant chose faite. Je doute qu'un seul d'entre eux échappe au brasier. Vous vouliez acculer les elfes dans un même endroit pour les massacrer; c'est sûrement ce qui s'est produit.

— Tu crois? demanda la jeune matriarche en retrouvant tout à coup son calme.

— Bien sûr! Les elfes étaient sûrement prêts à sacrifier leur ville, mais pas leur femme et leurs enfants. Croyez-moi, ils se sont sûrement réfugiés en un endroit secret, en sous-sol ou dans une sorte de donjon. Vous avez bien fait de demander à vos troupes de contourner la ville. Elles encerclent à présent le périmètre et aucun elfe ne pourra s'enfuir sans être abattu comme un lapin! Il vous suffit d'attendre que le feu s'éteigne et là, où que se cachent ces maudits elfes, je vous jure qu'on les débusquera et qu'on les massacrera jusqu'au dernier!

Matrone Sylnor hocha lentement à tête. Ses yeux clairs s'étrécirent jusqu'à devenir deux lames d'acier. Oui, Ylaïs avait raison. Un peu de patience, encore quelques petites heures et elle pourrait enfin plonger sa dague dans la gorge de sa mère et offrir le cœur de sa sœur à la déesse araignée.

Laltharils, Verciel et Hysparion brûlèrent toute la nuit, faisant rougeoyer l'obscurité. Le crépitement des flammes destructrices montait vers le firmament comme un chant lugubre. Les arbres, prisonniers du brasier, gémissaient et noircissaient en se tordant de douleur. Oubliés, les jours heureux, oubliée, la symbiose avec les elfes, oubliés, le respect et l'harmonie! L'énorme brasier consumait avec voracité des siècles de paix et de bonheur.

Dans l'ombre d'Eilis, les rescapés se taisaient, anéantis. Certains pleuraient en silence, d'autres priaient avec ferveur, d'autres encore, le regard perdu, se balançaient inlassablement de gauche à droite, réfugiés dans leurs souvenirs, comme pour échapper à l'horreur. Tous avaient compris que le cauchemar ne faisait que commencer. Désormais leurs heures étaient comptées. Ils étaient pris au piège comme des rats.

De son côté, matrone Sylnor, juchée sur une colline, savourait le spectacle.

Finalement, le feu avait du bon. Il purifiait cette région maudite, la débarrassant définitivement de toute souillure. Bientôt il ne resterait de la cité ennemie que des cendres, et ces arbres maléfiques qu'elle détestait tant ne seraient plus là pour la narguer de toute leur hauteur. En effet, dès qu'elle avait pénétré la forêt de Ravenstein, la végétation, dense, sauvage et menaçante, l'avait oppressée. Encore maintenant elle redoutait ces arbres immenses, munis de branches interminables comme autant de bras prêts à la soulever du sol pour l'étrangler sauvagement. Ce monde végétal n'était pas le sien. C'était un réel soulagement de le voir flamber.

Dans quelques heures, elle ordonnerait à ses troupes réparties tout autour de la ville de se répandre dans les ruines carbonisées, à la recherche du repaire secret des renégats. Et la curée pourrait commencer. Si ces imbéciles croyaient pouvoir s'échapper par un quelconque tunnel creusé sous la forêt, ils se leurraient. La matriarche avait pensé à envoyer la moitié de ses guerrières et de ses sorciers sillonner la forêt avec ordre de tuer tout ce qui bougeait et de sonner aussitôt l'alerte.

Un frisson de plaisir traversa le corps de l'adolescente, pendant qu'un sourire cruel étirait ses lèvres fines. Bientôt, elle serait débarrassée de toute trace du passé. Plus de mère, plus de sœur ! Et, comme Thémys était venue lui apprendre la mort de cet imbécile d'Askorias, elle serait la seule survivante de la lignée And'Thriel, la première matrone d'une nouvelle dynastie qui régnerait sans pitié sur les terres du Nord et étendrait sa tyrannie bien au-delà…

19

Luna mit un moment à réaliser qu'elle était en train de tomber dans le vide. En se sentant basculer de l'autre côté du parapet, elle avait ouvert les yeux, à la fois affolée et incrédule. Elle s'était attendue à mourir la gorge tranchée et voilà qu'elle chutait à travers les nappes de brume sans fin. Mais le combat n'était pas fini, puisque Askorias la tenait toujours fermement agrippée par les cheveux.

L'adolescente chercha à repousser ce corps décharné, soudé à elle, et s'étonna du manque de réaction du vieillard. Était-il paralysé par la peur ? Avait-il lâché la feuille de yucca en tombant ? Elle continuait de se débattre furieusement pour tâcher de libérer sa chevelure emprisonnée dans la poigne d'acier quand elle découvrit avec stupéfaction qu'Askorias n'avait plus de tête. Une vilaine plaie écarlate apparaissait là où elle s'était attendue à trouver la base de son cou. Même si elle ne s'expliquait pas cette décapitation, Luna comprit qu'elle luttait avec un cadavre et une sourde angoisse la saisit soudain : que se passerait-il s'il se réveillait ? À Outretombe, les morts devenaient des esprits immortels, non ? Prise d'une peur panique, elle fit un dernier effort pour se libérer et asséna un violent coup de pied dans l'abdomen du nécromancien. Une vive douleur enflamma son cuir chevelu, comme si on lui arrachait tous les cheveux d'un coup. Elle hurla en regardant le cadavre s'éloigner d'elle. Dans sa main, pendait tristement une tresse argentée.

Tout en continuant à chuter, Luna porta machinalement sa main à l'arrière de son crâne et ne sentit qu'une petite touffe maigrichonne. Askorias lui avait arraché presque toute sa natte ! Elle le chercha du regard pour le maudire une dernière fois, mais le corps sans vie du nécromancien avait déjà disparu, englouti par les nappes cotonneuses qui l'entouraient. Elle étouffa un sanglot et des larmes glissèrent sur ses joues claires. Des larmes de tristesse autant que d'espoir. Tristesse d'avoir perdu ses magnifiques cheveux et de vivre ses dernières minutes, mais espoir d'avoir débarrassé Hérildur du nécromancien, d'avoir sauvé son peuple. Espoir encore de rejoindre le royaume des dieux et de devenir à son tour un ange, à moins qu'on ne lui laisse le choix et qu'elle n'opte pour demeurer à Outretombe, dans la tour des Sages où elle retrouverait avec plaisir l'adorable Lya et ses amis.

« Oui ! songea Luna, emportée dans sa chute. Je veux rester avec grand-père. Ensemble, nous œuvrerons pour le bien et nous aiderons les nôtres qui luttent peut-être déjà contre l'armée de Sylnor. »

Son choix était sans appel. Luna ne pleurait plus. Elle se sentait prête à mourir. Un étrange sentiment de paix l'envahit brusquement. Elle ne ressentait ni peine ni joie, juste une sérénité absolue. La certitude de faire le bon choix.

Alors seulement elle remarqua qu'elle ralentissait, comme si une main invisible freinait sa chute en douceur. Elle regarda autour d'elle, subjuguée par ce nouveau prodige, mais terrifiée à l'idée de voir un tentacule brumeux surgir du néant. À l'évocation du Bouff'mort, son cœur se comprima. Halfar ! Avec l'agression d'Askorias et sa chute vertigineuse, elle avait complètement oublié la disparition de son cousin dans les limbes cotonneux. Avait-il réellement été happé par cette fameuse entité que tous les esprits craignaient tant ? Qu'allait-il advenir de lui ? Une vague de culpabilité submergea l'adolescente. C'était sa faute si Halfar s'était aventuré sur cette terrasse. Jamais elle n'aurait dû l'entraîner là-dedans. Après tout, c'était sa mission à elle, pas celle de son cousin.

Mais alors qu'elle se morfondait, elle se rendit compte qu'elle ne tombait plus. Étrangement, elle flottait comme sur un tapis d'eau. Le souffle court, elle se mit à scruter les nappes blanchâtres et inanimées, persuadée que c'était le calme avant la tempête. Elle voulait voir d'où surgirait le monstre de brume.

Mais, à son grand étonnement, une violente bourrasque l'arracha à ses pensées et la propulsa bientôt à une vitesse impressionnante dans le sens inverse. Elle remontait en flèche, poussée par une force inouïe. Le vent soudain glacé plaquait ses vêtements contre son corps, pendant que l'air humidifiait son visage et trempait ses cheveux.

Luna, qui ne comprenait rien à rien, se demandait quand s'arrêterait cette course infernale qui défiait toutes les lois de la pesanteur quand elle dépassa la terrasse d'où elle était tombée. Elle vit aussitôt l'immense traînée rouge vif qui maculait le sol. Juste à côté, elle avisa la silhouette d'un homme prostré sur le sol. Elle crut reconnaître Elkantar, mais la vision fugace s'effaça bientôt derrière les masses de brouillard. Tout en poursuivant son inéluctable ascension verticale, elle se demanda si c'était bien son père qui avait décapité Askorias, lui sauvant ainsi la vie.

La jeune fille en était là de ses réflexions lorsqu'elle distingua nettement les contours d'un édifice qui défilait verticalement, juste devant elle. En même temps, le vent se mit à décroître sensiblement et, tout à coup, une lumière aveuglante l'obligea à fermer les yeux. Elle sentit que le courant d'air la déposait sur une surface dure avec d'infinies précautions avant de relâcher son emprise sur elle. Luna chancela, tout étourdie par son voyage éprouvant. Elle mit ses mains en visière et tenta d'entrouvrir les paupières. Ce qu'elle vit la subjugua.

Elle se trouvait au sommet d'une tour ronde, sur une sorte de terrasse entourée d'un muret crénelé. Mais là, nulle brume ne venait entraver sa vision. Le ciel était parfaitement limpide. Son azur profond contrastait avec l'écume blanchâtre qui se mouvait à un mètre en contrebas, compacte et dense comme un tissu de soie. Aucun soleil n'était visible à l'horizon, mais la douceur de l'air réchauffait agréablement son visage. Elle effectua quelques pas hésitants et regarda, intriguée, autour d'elle, admirant l'infini du ciel. Elle distingua au loin une sorte de pique ornée d'un fanion de couleur qui dépassait de la mer de nuages immaculés. Elle plissa les yeux et en vit un deuxième, plus à droite. Puis un autre, et encore un autre. Au total, ce n'était pas moins de six drapeaux qui jaillissaient du brouillard.

« Probablement les six tours dont m'ont parlé Hérildur et Sthyrm, ce qui signifie que je me trouve sur… sur la tour centrale, la septième tour ! » comprit Luna avec stupéfaction.

En se retournant pour détailler l'endroit où elle se trouvait, elle remarqua la trappe au sol. Il s'agissait d'une simple planche de bois munie d'un anneau en fer. Elle s'en approcha et s'accroupit pour tirer dessus. La trappe ne résista pas et s'ouvrit sur un escalier à vis très étroit qui s'enfonçait dans les profondeurs de la tour. Elle s'y engagea sans hésiter.

Elle craignait de s'étourdir à descendre ces marches interminables, mais elle parvint rapidement à un petit palier. Deux portes identiques lui barraient la route. Elle testa d'abord celle de gauche qui s'avéra fermée à clé. Heureusement, celle de droite était entrouverte. Luna la poussa et pénétra dans un salon luxueusement décoré.

Elle resta bouche bée devant la cheminée monumentale où crépitaient de belles flammes orangées. Partout des tapis épais aux couleurs vives rendaient l'atmosphère de cette pièce chaleureuse. Les meubles en chêne clair richement ouvragés sentaient bon la cire.

Craignant un instant d'avoir profané le territoire d'un esprit, la jeune fille allait rebrousser chemin quand une voix bienveillante fit bondir son cœur :

— Sylnodel, enfin !

Luna pivota et découvrit son grand-père maternel qui l'invitait, les bras ouverts. Sans se poser de questions, elle courut s'y réfugier. Ils restèrent un moment sans rien se dire. L'émotion trop vive, trop intense, rendait vaine toute parole.

Ce fut Hérildur qui le premier rompit le charme de ces retrouvailles.

— Mais qu'as-tu fait à tes cheveux, ma belle ? s'écria-t-il en sentant sous ses doigts gourds le moignon de sa natte.

— Oh, je… Disons pour faire court qu'Askorias n'était pas un bon coiffeur !

Hérildur lui renvoya son sourire, mais jugea préférable de changer de sujet.

— Nous t'attendions avec impatience, tu sais !

— Nous ? répéta Luna, intriguée.

— Oui, Halfar et moi ! fit Hérildur en désignant le jeune homme, confortablement installé devant le feu de cheminée.

Luna sursauta, certaine de ne pas avoir vu son cousin la minute d'avant.

— Ça alors, Halfar! s'écria joyeusement Luna en bondissant dans sa direction. Je pensais ne plus jamais te revoir!

— Eh bien non, tu n'es pas encore débarrassée de moi! plaisanta le garçon en serrant sa cousine contre lui.

— Ne dis donc pas de bêtises! le réprimanda-t-elle. J'ai eu si peur lorsque le Bouff'mort t'a emporté! J'ai eu beau hurler ton nom et pleurer toutes les larmes de mon corps, tu n'es pas réapparu. Oh, Halfar, j'étais si désespérée!

— Allons, c'est fini, la rassura-t-il en lui caressant le dos. Maintenant, nous sommes à nouveau réunis, tous les trois.

Luna se dégagea de l'étreinte de son cousin et le dévisagea avec circonspection.

— Tu as eu le temps de parler à grand-père? De lui dire tout ce qui te minait depuis…

Luna laissa sa phrase en suspens, ne sachant comment la terminer sans mettre mal à l'aise son cousin. Halfar se contenta d'un hochement de tête discret, mais Hérildur s'avança vers lui pour entourer ses épaules d'un bras bienveillant.

— Oui, Sylnodel. Halfar m'a tout raconté. Sa haine, son amour, sa faiblesse, son geste, ses remords, sa honte, son désespoir. Je l'ai écouté sans l'interrompre une seule fois et je lui ai pardonné.

— C'est vrai?

— Le crime qu'il a commis n'était pas le sien, mais celui de Zélathory. Ton cousin n'a été que l'instrument de la haine de cette harpie. De toute façon, le mal qui me rongeait aurait fini par avoir raison de moi. Je n'en avais plus que pour quelques jours.

— Et la fleur de sang?

— Elle serait arrivée trop tard, je pense.

Luna acquiesça en silence puis, sans transition, changea de sujet.

— Mais au fait, où sommes-nous?

— Dans la septième tour! répondit Hérildur, les yeux brillants de malice.

— Dans le domaine du Bouff'mort! ajouta Halfar d'un ton lugubre avant d'éclater de rire.

Luna les regarda, interloquée, se demandant si elle devait imiter son cousin ou garder son sérieux.

— Pourriez-vous être un peu plus explicites, tous les deux?

Hérildur lui fit signe de prendre place dans un des quatre fauteuils qui faisaient face à la cheminée. Luna ne se fit pas prier et se lova confortablement dans le velours, tout ouïe.

— En fait, peu de temps après notre conversation, Askorias est revenu à Outre-tombe. Il n'a pas mis beaucoup de temps à découvrir où je logeais et il a profité de sa condition de mortel pour s'introduire dans mon domaine privé. Il était muni d'un citrex et comptait enfermer mon essence psychique dans cet objet maléfique.

— C'est ce qu'il a fait à Ravenstein? en déduisit Luna.

— Exactement. Mais je m'attendais à une telle duperie de sa part et j'avais préparé une sortie de secours. Je voulais m'enfuir loin, me cacher dans une autre tour, là où il ne me trouverait pas, mais, hélas! celui qu'on appelle le Bouff'mort ne m'a même pas laissé le temps de rejoindre la tour des Remords. J'ai été happé par ses tentacules de brume à la moitié du pont.

— Et tu as vu avec quelle rapidité il s'est emparé de moi? enchaina Halfar.

— Il vous a amenés ici, chez lui! comprit Luna.

— Je dirai même plus, il nous a amenés tous les trois chez lui, corrigea Hérildur. À ton tour, Sylnodel, de nous raconter comment tu as atterri ici.

— Je n'ai pas tout compris, en réalité. J'étais en train de pleurer Halfar que je croyais disparu à jamais quand Askorias m'a glissé une arme sous la gorge. Il savait qui j'étais et disait m'avoir tendu un piège. Il s'apprêtait à m'égorger quand quelqu'un l'a décapité. Je crois qu'il s'agissait d'Elkantar, mais sur le coup je n'ai rien vu. En fait Askorias a glissé par-dessus le parapet et m'a entraînée dans sa chute. Comme il s'agrippait à mes cheveux, j'ai voulu me libérer de son emprise et c'est seulement à ce moment-là que j'ai découvert qu'il n'avait plus de tête. Cornedrouille, c'était horrible ! Je me suis débarrassée du cadavre comme j'ai pu et j'ai continué à tomber. J'ignore combien de temps a duré ma chute, mais cela m'a semblé une éternité. Je pensais mourir quand bizarrement je me suis sentie ralentir et puis, brusquement, je suis remontée en flèche jusqu'ici.

— Tu devais être effrayée ! intervint Halfar.

— Ce qui me faisait le plus peur, c'était la perspective de voir Askorias devenir un esprit et revenir à la charge. ·

À ces mots, Hérildur ne put retenir un petit gloussement malicieux.

— Je crois que le Bouff'mort va attendre un peu avant d'aller le récupérer, celui-là !

— Mais… qui est-il exactement, ce mystérieux Bouff'mort ? demanda soudain Luna.

Le vieil elfe caressa sa longue barbe chenue avant de répondre.

— Hum, disons que c'est un être exceptionnel. D'une complexité à nous faire pâlir et en même temps d'une simplicité tellement évidente qu'il est très difficile à cerner. Cette créature tentaculaire qu'il nous laisse apercevoir n'est qu'une des très nombreuses facettes de sa personnalité.

— En ce qui me concerne, ajouta Halfar, je crois qu'il m'a enlevé dans l'unique but de m'amener auprès de grand-père. En fait, il voulait que nous ayons une petite conversation tous les deux.

— Il te l'a dit? fit Luna, surprise.

Hérildur se permit d'intervenir:

— Le Bouff'mort n'a pas besoin de parler pour faire comprendre ses intentions. Pas de paroles, pas de télépathie non plus. Il s'agit plutôt d'ondes. En réalité, le Bouff'mort est un esprit pur. C'est-à-dire qu'il n'a jamais été mortel. Il a toujours vécu ici, depuis l'aube des temps. Lorsque les premiers hommes sont morts, il les a tout naturellement accueillis dans son royaume.

— C'est donc lui qui transforme les justes en anges, qui laisse le choix aux sages de demeurer ici et qui attribue une tour aux autres?

Le vieil elfe se mit à hocher la tête avec gravité.

— C'est possible. Pourtant, aucun esprit ne se souvient de l'avoir jamais rencontré.

Mais, si c'est effectivement le cas, je pense que ce vilain nom de Bouff'mort n'est pas des plus approprié. Il conviendrait mieux de l'appeler le…

— Le Sage Suprême? proposa Luna.

— Ou le Maître des Brumes? ajouta Halfar.

— Quelque chose dans ce goût-là, admit Hérildur en souriant. Bon, trêve de bavardages, nous allons devoir y aller, mes enfants.

Halfar et Luna se levèrent d'un bond. Une lueur d'espoir luisait dans le regard de la jeune fille.

— Est-ce que, maintenant que vous êtes réconciliés, Halfar va pouvoir rejoindre la tour des Sages?

Hérildur et Halfar échangèrent un regard désolé. L'ancien roi fit un pas vers sa petite-fille.

— J'ai bien peur que ni lui ni moi ne regagnions jamais aucune des tours du palais des Brumes.

— Co… comment ça?

— Nous en savons trop à présent sur le Bouff'mort ou le Maître des Brumes comme on pourrait également l'appeler. Notre place n'est plus ici.

— Vous allez mourir pour de vrai?

— Non, Sylnodel, nous sommes déjà morts, mais nous quittons Outretombe pour le royaume des dieux. Nous allons devenir des anges.

Luna en resta bouche bée.

— Je vais enfin pouvoir rejoindre mes parents et m'unir à eux pour l'éternité, s'écria Halfar, souriant comme jamais.

— Oh! C'est… formidable! bredouilla Luna. Mais, grand-père, si tu deviens un ange, tu ne pourras plus rien faire pour nous aider à lutter contre les hordes de drows qui vont envahir notre forêt… Je comptais sur ton aide. Nous comptions tous sur toi.

Hérildur jeta un regard entendu à Halfar et, les yeux pleins de larmes, posa ses mains ridées sur les frêles épaules de sa petite-fille. Prise d'un mauvais pressentiment, Luna sentit sa gorge se nouer.

— Ma chérie, tu vas devoir être forte. Ce que je vais t'apprendre est effroyable, mais ni toi ni moi n'y pouvons rien changer. Appelle cela le destin ou la fatalité, mais nul retour en arrière n'est désormais possible.

Un frisson d'angoisse parcourut Luna qui manqua défaillir. Sa bouche était sèche, son cœur battait au ralenti. Elle aurait voulu s'enfuir, ne jamais entendre les mots terribles que son grand-père s'apprêtait à prononcer, mais son corps refusait de lui obéir.

— Mon aide ne servirait plus à rien, c'est trop tard, poursuivit Hérildur à voix basse. Ton peuple a vaillamment lutté, mais l'armée de Sylnor était trop puissante, trop bien organisée. Elle ne lui a guère laissé de chance.

Luna hoqueta de chagrin.

— Co... comment le sais-tu?

— Le Bouff'mort a vu passer les âmes des victimes. Des milliers de victimes.

Cette fois, c'en fut trop. Luna sentit son cœur lâcher et ses jambes se dérober sous elle. Halfar se précipita pour la retenir. Il la serra contre lui, dévasté par les larmes qui couvraient le visage de sa cousine.

— Cesse de pleurer, ma Sylnodel, reprit Hérildur d'une voix apaisante. Ceux que tu aimes ont eu de la chance, beaucoup de chance, car ils ne sont pas passés par là. J'ignore où ils sont à présent, mais ils doivent être en sécurité. Fais-moi confiance.

D'un geste maladroit, mais plein de tendresse, il essuya les joues humides de sa petite-fille.

— Tu dois regagner ton corps, à présent. Ta mission à Outretombe est terminée. Grâce à toi, Halfar et moi sommes réconciliés et ton cousin n'errera plus ici comme une âme en peine. Tu nous as libérés, Sylnodel. Maintenant, ta place est auprès des tiens. Tu dois les rejoindre et panser leurs blessures. Où qu'ils soient, je suis certain qu'ils ont besoin de toi. Ton destin est là-bas, ma chérie, pars vite les rejoindre. Ils t'attendent.

Luna réprima un nouveau sanglot.

— Pourquoi ne m'as-tu rien dit avant? murmura-t-elle en séchant ses larmes.

— Dans la vie comme dans la mort, il y a un temps pour chaque chose. À la joie de nos retrouvailles succède la souffrance de savoir notre ville ancestrale détruite. Mais chaque épreuve qui jalonne ta vie t'emporte vers ton destin, Sylnodel. Cette épreuve-là est fort douloureuse, presque insoutenable, je l'avoue, mais elle fait partie de ta vie, au même titre que les autres. Accepte-la, comme tu as accepté la mort de la meute qui t'avait adoptée. Transforme-la en force comme tu l'as fait jadis. Une force qui te permettra de guider ton peuple vers une renaissance. Va, Sylnodel.

Rassérénée par ces paroles, Luna fit un effort pour se redresser. Elle embrassa Hérildur et Halfar qu'elle serra contre elle un long moment, puis elle prit une grande inspiration et prononça les paroles que lui avait apprises Sthyrm.

Leur effet fut immédiat. Elle disparut brusquement.

Le grand-père et le petit-fils n'eurent que le temps de se toucher la main avant de se transformer en lucioles brillantes qui s'évaporèrent à leur tour dans une traînée scintillante.

20

Luna se réveilla en sursaut. Elle ouvrit les yeux d'un coup et se redressa, affolée. Elle reconnut aussitôt l'antre sombre et étriqué de Sthyrm et sentit les battements de son cœur ralentir. Le vieux nécromancien se précipita à son chevet.

— La déesse soit louée! s'écria-t-il en s'emparant de la main de l'adolescente. Tu es revenue. Enfin! Merci, Eilistraée, d'avoir écouté mes prières. Oh, merci! Comment te sens-tu, petite?

— Je… j'ai la tête qui tourne et j'ai soif, oui, très soif.

— Bien, c'est plutôt bon signe, fit l'elfe noir en versant dans un gobelet un peu de la tisane qu'il avait préparée à son intention.

Il lui tendit le breuvage et la regarda boire avec avidité.

— Maintenant, reste allongée. L'épreuve que tu as surmontée t'a grandement affaiblie. Tu vas avoir besoin d'énormément de repos. Il faut que tu dormes.

Luna obéit, trop faible de toute façon pour opposer une quelconque résistance au nécromancien. Elle se mit en chien de fusil et glissa sa main sous l'oreiller, pendant que Sthyrm remontait la couverture sur elle.

— Dites, pourriez-vous prévenir maman que je suis de retour, chuchota-t-elle.

— Bien sûr, mon enfant. Je te promets qu'à ton réveil elle sera à tes côtés. Rendors-toi, maintenant.

Sthyrm avait à peine terminé sa phrase que Luna fermait déjà les yeux. Il soupira de soulagement. Il avait vraiment cru que la jeune princesse ne reviendrait pas d'Outretombe. Jamais aucun de ses périples là-bas n'avait duré aussi longtemps. Jamais aucun mortel n'avait survécu autant de jours au royaume des morts. Luna avait accompli un véritable exploit. C'était un miracle. Oui, le mot n'était pas exagéré, un vrai miracle.

Une fois que le nécromancien se fut assuré que Luna dormait profondément, il quitta la petite pièce pour s'empresser d'aller quérir Ambrethil. Enfin une bonne nouvelle à annoncer !

Luna dormit presque deux jours d'affilée avant d'émerger à nouveau. Le premier visage qu'elle vit cette fois fut celui de sa mère. Son cœur explosa de bonheur. Sans prononcer un seul mot, Ambrethil et Luna s'étreignirent avec émotion. Elles restèrent ainsi, l'une contre l'autre, pendant une éternité.

— Si tu savais comme j'étais inquiète, murmura enfin la reine en caressant les cheveux de sa fille.

Au contact de cette main sur sa tresse, Luna tressaillit. Elle détourna son regard et constata avec stupéfaction que sa chevelure était intacte, comme si ce qu'elle avait vécu au royaume des morts ne s'était pas vraiment produit. Elle regarda son poignet, mais la morsure de Zélathory avait également disparu.

— Qu'y a-t-il? demanda Ambrethil.

— Oh, rien, c'est juste que, quand j'étais à Outretombe, j'ai eu de petits soucis avec mes cheveux et mon poignet. Apparemment, tout est rentré dans l'ordre.

Ambrethil hocha la tête en souriant et prit sa fille par les épaules. Soudain son sourire s'évanouit et son regard se troubla.

— Qu'y a-t-il? demanda Luna, inquiète.

— Tes… tes yeux… ils… ne sont plus bleus! bégaya la reine.

Luna sursauta.

— De quelle couleur sont-ils?

— Gris, gris clair, presque argentés. C'est étrange, on dirait qu'ils ont pris la couleur de tes cheveux. Mais… c'est très joli, rassure-toi.

— Sthyrm m'avait prévenue qu'Outre-tombe me changerait à jamais, soupira Luna, fataliste. Au fait, il n'y aurait pas quelque chose à grignoter, par ici? Et s'il reste de la tisane préparée par Sthyrm, j'en reprendrai bien un peu. Je sens qu'elle m'a redonné des forces.

Ambrethil tendit à sa fille une assiette de fruits secs enrobés de pâte d'amande et un bol du fameux breuvage revigorant. Luna mangea avec avidité. Une fois repue, elle s'adossa contre ses oreillers et ferma les yeux.

— Tu veux t'assoupir à nouveau? s'enquit doucement sa mère. Je peux te laisser seule, si tu le souhaites.

— Non, reste. Il faut que je te raconte ce qui m'est arrivé là-bas.

— Je n'osais aborder le sujet la première, mais… as-tu trouvé Hérildur?

— Ça n'a pas été facile, mais oui, j'ai fini par trouver grand-père. Oh, si tu savais! Il m'est arrivé tellement de choses incroyables là-bas que je ne sais pas par quoi commencer.

— J'imagine, fit la reine, compatissante.

— Tu ne devineras jamais sur qui je suis tombée.

Comme Ambrethil haussait les épaules, les yeux de Luna se mirent à briller.

— Sur Elkantar.

La reine sentit ses veines se glacer. Elle retint son souffle, livide.

— Au début, cela ne s'est pas bien passé, tu t'en doutes. Elkantar a immédiatement reconnu en moi sa meurtrière. Mais je me suis empressée de lui apprendre qui j'étais en réalité. J'ai découvert qu'il ignorait tout de mon existence et, peu à peu, nous avons fait connaissance. Nous avons beaucoup parlé de moi, de Sylnor et de toi aussi. Il voulait savoir ce que tu étais devenue, si tu allais bien, si tu étais heureuse. Je crois qu'il t'aimait vraiment, tu sais !

— Je sais, murmura Ambrethil, les yeux humides.

— Lorsque je lui ai parlé du crime commis par son nécromancien de père, il a aussitôt décidé de m'aider.

— De t'aider ? répéta sa mère, incrédule.

— Exactement. En fait, nous avons fait un bout de chemin ensemble, jusqu'à ce que des gobelins nous attaquent. Elkantar les a retenus pour me laisser accomplir ma mission. Il m'avait promis de me rejoindre, mais… hélas ! je ne l'ai pas revu. J'aurais aimé lui dire au revoir.

— Ça alors, quelle étrange histoire, soupira Ambrethil en écrasant une larme sur sa joue pâle. Jamais je n'aurais cru cette réconciliation posthume possible.

— Moi non plus, mais je suis heureuse. J'ai découvert que mon père n'était pas si mauvais que cela, au fond. Il t'aimait sincèrement et je crois que, l'espace de quelques heures, il m'a aimée aussi.

Un long silence suivit, qui plongea les deux elfes dans leurs pensées respectives. Quand Luna bâilla, Ambrethil se leva dans l'intention de la laisser se reposer, mais sa fille la retint à nouveau.

— Attends, maman, je n'ai pas terminé.

— Tu n'es pas obligée de tout me raconter maintenant, tu sais! Je reviendrai ce soir et…

— J'y tiens. C'est trop important! insista Luna.

Ambrethil sourit à sa fille, s'assit à nouveau sur son lit et caressa ses mains délicates.

— J'ai rencontré Halfar aussi.

— Halfar? reprit la reine en ouvrant des yeux éberlués.

— J'ai eu un peu de mal à le convaincre de m'aider. Vu le crime qu'il avait commis, forcément, il ne se sentait pas le courage d'affronter Hérildur. Mais, en fin de compte, il a changé d'idée et il est venu à ma rescousse. Nous avons vécu des épreuves difficiles tous les deux. Je te passe les détails, mais, à la fin, c'est lui qui a trouvé grand-père avant moi.

— Oh! Et comment a réagi Hérildur?

— Il lui a pardonné, bien sûr. Il a compris que son petit-fils, manipulé par Lloth, avait été le jouet de forces qui le dépassaient. Et tu sais, juste avant que je parte, Hérildur et Halfar m'ont appris qu'ils allaient quitter Outretombe pour rejoindre le royaume des dieux.

Ambrethil étouffa un cri de surprise, mais Luna n'avait pas terminé:

— À l'heure qu'il est, je suis certaine que la transformation a eu lieu. Ce sont des anges, à présent. Je suis surtout contente pour Halfar, qui va pouvoir rejoindre son père et sa mère. C'est bien, hein?

— Oui, c'est fantastique, répéta Ambrethil en caressant la joue de sa fille. Et c'est grâce à toi.

Luna acquiesça mollement. Elle sentait ses paupières se fermer toutes seules. Elle n'essaya même pas de lutter et se laissa glisser dans un sommeil doux comme du coton.

Mais bientôt une vision cauchemardesque de flammes et de cendres ardentes mit un terme à ses rêveries innocentes. Perchée sur une île imaginaire, au beau milieu du lac de

Laltharils, elle faisait face aux brasiers qui consumaient la forêt millénaire. De tous les côtés, les arbres flambaient, les pierres noircissaient, les charpentes en feu grinçaient de douleur. Chaque quartier de la ville disparaissait, dévoré par un feu démoniaque, qui ne laissait derrière lui que cendres et désolation. Luna hurlait de chagrin, de rage, de désespoir. Elle voulait atteindre la rive et se jeter dans les flammes pour tenter de sauver ce qui pouvait encore l'être, mais un étau la retenait prisonnière.

— Luna, calme-toi! l'interpella une voix surgie des ténèbres. Tu ne risques rien, ici!

— Réveille-toi! fit une autre voix, plus douce et plus chantante. Luna, c'est nous, Darkhan et Assy!

En entendant ces prénoms, Luna ouvrit brusquement les yeux. En suffoquant, elle découvrit avec ahurissement son lit complètement sens dessus dessous. Darkhan lui maintenait les bras avec fermeté pendant qu'Assyléa lui épongeait le front avec un linge humide.

— Tu faisais un mauvais rêve? demanda l'elfe noire.

Luna hocha la tête pendant que son cousin l'aidait à remettre un peu d'ordre dans son lit.

— C'était horrible! fit-elle, encore bouleversée. Toute la forêt de Ravenstein succombait
au feu des drows. Je croyais que vous étiez
dans les flammes et je voulais vous rejoindre.
Cornedrouille, j'ai eu tellement peur!

Darkhan et Assyléa échangèrent un regard
chargé de sous-entendus, mais ils gardèrent le
silence.

— Dites, rassurez-moi, c'était bien un cauchemar, n'est-ce pas?

Son cousin se tourna vers elle et soutint son
regard angoissé. Inutile de lui mentir ou de
retarder l'instant fatidique. Luna avait le droit
de savoir. Il prit une grande inspiration.

— Hélas! l'attaque tant redoutée a bien
eu lieu. Les troupes de Sylnor nous ont attaqués quelques heures après ton départ pour
Outretombe. Les combats ont été rudes et,
malgré nos ruses, nous avons perdu beaucoup
d'hommes.

— Je sais tout cela, fit Luna d'une voix tremblante. Hérildur m'avait révélé que les choses
ne s'étaient pas passées comme prévu. Mais les
défenses de la ville ont tenu bon, hein?

— Les drows nous ont eus par surprise,
expliqua Assyléa. Ils ont envoyé les urbams
détruire Verciel, Hysparion et Laltharils.
Nous avons juste eu le temps d'évacuer les
quartiers pour nous réfugier à Eilis.

— Et ils ont tout saccagé, c'est ça? Ils ont mis le feu à la ville?

Darkhan prit un air ennuyé.

— Non, le feu, c'était notre idée, confessa-t-il. Nous savions que les troupes de Sylnor mettraient à sac notre cité et nous ne voulions pas leur offrir ce plaisir. Aussi, nous avions piégé les bâtiments pour qu'ils explosent et enterrent nos ennemis sous les décombres.

Luna encaissa le choc de la révélation sans broncher.

— Nous sommes donc toujours à Eilis, encerclés par les hordes de ma sœur?

— Heu, pas vraiment, objecta Darkhan.

Ce fut au tour d'Assyléa de prendre la parole.

— En fait, les guerrières drows ont assez vite découvert l'emplacement de notre forteresse. Nous avions pourtant utilisé des sortilèges de camouflage pour dissimuler les portes, mais leurs sorts de détection ont eu raison de notre stratagème. Détruire les portes ne leur a guère pris plus de temps.

— Elles ont détruit les portes? s'alarma Luna en se redressant d'un coup.

— Attends, laisse-moi terminer et calme-toi, veux-tu! Tu es en sécurité, ici, je te le garantis. En fait, quand nous avons compris que les portes ne tiendraient pas aussi longtemps que nous l'escomptions, nous aussi avons failli céder à la panique. Nous étions en train de transférer les réfugiés dans les salles les plus profondes quand soudain un tremblement effroyable a ébranlé toute la forteresse souterraine. Nous avons aussitôt pensé que c'était la fin, que les hordes de Sylnor allaient venir nous massacrer. Mais nous faisions erreur.

Le beau visage d'Assyléa se fendit d'un large sourire.

— C'était ton mentor, le Marécageux, qui faisait une entrée fracassante !

— Le Marécageux ? répéta Luna, les yeux brillants. Il m'avait dit qu'il nous aiderait !

— Et quelle aide ! enchaîna Assyléa. Il nous a offert une porte de sortie inespérée : un tunnel reliant Eilis à la forteresse de Naak'Mur, située de l'autre côté du plateau de Nal'Rog. C'est là que nous sommes actuellement.

— Ça alors ! s'écria Luna en détaillant la petite pièce autour d'elle. Et moi qui me croyais toujours à Eilis.

— C'est incroyable, n'est-ce pas ! s'extasia Assyléa. J'ignore par quel miracle ton vieil ami a pu accomplir un tel prodige. Ce sont des dizaines et des dizaines de kilomètres de galerie qu'il a dû creuser dans la roche.

— Le Marécageux possède un don extraordinaire, expliqua Luna. Autrefois, il était le gardien des tunnels reliant les trois cités elfiques des terres du Nord. C'était lui qui avait mis au point ce réseau de galeries interminables, mais il ne m'a jamais vraiment expliqué comment il avait fait. Je crois qu'il communique avec la pierre et qu'elle se façonne selon sa volonté.

— Quoi qu'il en soit, il nous a tous sauvés. Là où nous sommes, les drows ne sont pas près de nous retrouver !

— Sont-ils finalement parvenus à forcer les portes d'Eilis ?

— Oui, mais nous étions déjà loin. Et le Marécageux avait pris soin d'effacer toute trace de notre passage. L'entrée du tunnel est indétectable et la galerie, complètement bouchée.

— Nous sommes en sécurité, alors ?

Assyléa approuva et Luna soupira de soulagement. Soudain une pensée fusa dans son esprit.

— Et les loups ? s'exclama-t-elle, affolée. Ont-ils pu fuir eux aussi ? Est-ce qu'Elbion et Scylla ont survécu ? Où sont-ils ?

— Rassure-toi, le Marécageux avait tout prévu ! expliqua Darkhan en souriant. Il avait creusé des passages reliant son tunnel d'évacuation à quelques tanières. Elbion avait fait passer le message auprès des autres meutes.

Les femelles et les petits ont eu le temps de rejoindre Naak'Mur.

— Elbion et Scylla sont ici avec les louve-teaux? s'écria Luna, tout excitée.

— Oui, mais il s'en est fallu de peu qu'Elbion ne puisse nous rejoindre.

— Comment cela?

— Ce que tu ignores peut-être, c'est qu'Elbion, fermement décidé à nous aider, avait réussi à motiver ses congénères à lutter contre les envahisseurs. Leur soutien nous a été d'un grand secours. Et, sans ton frère de lait, Kendhal ne serait sans doute plus parmi nous.

Le sang de Luna se glaça.

— Que veux-tu dire? demanda-t-elle d'une voix blanche.

— En fait, lorsque nous avons ordonné le repli vers Eilis, je trouvais étrange qu'aucun des hommes de Kendhal ne nous ait rejoints. J'ai quitté le cortège des réfugiés et abandonné ta mère et les talismans que nous transportions, pour partir à sa recherche. Monté sur mon éta-lon, je me suis dirigé vers le camp de base situé au nord-ouest. Mais rien ne m'avait préparé à une telle horreur. Là-bas, la mort avait fauché les vies par centaines. J'ai vu quelques ava-riels, beaucoup d'elfes dorés et argentés, des halfelins, des nains, mais aussi des loups, figés pour l'éternité.

Luna l'écoutait, rongée par l'angoisse, se demandant quel dénouement tragique l'attendait.

— Mon cœur saignait de voir tant d'amis tombés au combat. Comme de notre côté Platzeck et moi n'avions subi que très peu de pertes, j'étais loin d'imaginer qu'un tel carnage avait eu lieu de ce côté-là de la forêt. Anéanti et désespéré, je ne pouvais pas envisager une seule seconde de rentrer à Eilis sans le corps de Kendhal. Je me suis mis à fouiller les environs. C'est Elbion qui m'a trouvé le premier. Alerté par mon odeur, il est venu me chercher pour me conduire auprès de Kendhal.

— Il était gravement blessé ?

— Assez, oui, deux flèches s'étaient fichées dans son corps et il avait déjà perdu beaucoup de sang. Après avoir retiré les flèches et pansé ses blessures, je l'ai déposé sur mon cheval et, guidés par Elbion, nous avons rejoint le tunnel par une entrée secrète aménagée au fond d'une tanière.

— Comment va-t-il ?

— Nettement mieux ! la rassura Assyléa. Grâce aux premiers soins de Darkhan et à nos guérisseurs, ses jours ne sont plus en danger. Dès que tu seras en meilleure forme, tu pourras lui rendre visite. Il n'attend que cela depuis qu'il sait que tu es réveillée.

Luna sentit ses joues s'empourprer. Elle aussi avait hâte de retrouver son ami, de le serrer dans ses bras, de le sentir contre elle. Les paupières closes, elle s'imagina en train d'embrasser le jeune homme et se laissa absorber par ses rêves.

Ce ne fut qu'après plusieurs jours de sommeil réparateur, plusieurs réveils fugaces, et plusieurs litres de tisane fortifiante que Luna put enfin quitter son lit pour la première fois. Malgré la présence bienveillante de Sthyrm à son chevet et toutes les visites qu'elle avait eues – Edryss, Cyrielle et Platzeck, Elbion et ses louveteaux, le Marécageux et même la jeune Haydel accompagnée de Thyl –, la jeune fille brûlait d'impatience de revoir Kendhal.

Elle le trouva non loin de là, dans une chambre aménagée dans une des très nombreuses salles de la forteresse de Naak'Mur. Des vitraux bleutés laissaient pénétrer une lumière douce dans la pièce et des tapis avaient été posés sur le sol pour conserver le peu de chaleur fourni par les braseros disposés çà et là.

— Alors, monsieur le roi, tu vois ce qui arrive quand on veut jouer les héros ? s'exclama Luna en pénétrant dans la pièce.

Kendhal lui répondit par un sourire et tendit son bras droit vers elle pour l'inviter à s'asseoir sur le rebord du lit.

— Oh, Luna, que je suis content de te revoir parmi nous ! J'étais fou d'inquiétude lorsque ta mère m'a appris ta folle entreprise. Se rendre à Outretombe, je te jure, il n'y a que toi pour avoir de telles idées !

— Tu aurais préféré que je me trouve à tes côtés lorsque vous avez été attaqués, peut-être ? Tu sais que toi aussi tu m'as fait une sacrée frayeur !

Les deux adolescents se regardèrent en souriant. Main dans la main, ils savouraient le bonheur de ces retrouvailles inespérées.

— J'aime beaucoup la nouvelle couleur de tes yeux, murmura Kendhal.

— Sthyrm m'avait prévenue que tout voyage au royaume des morts avait un prix. Depuis mon retour, j'ai beaucoup parlé avec lui. Il pense que j'ai laissé une partie de mon innocence à Outretombe. Selon lui, les épreuves que j'ai vécues là-bas ont définitivement changé ma façon de voir le monde. C'est pour cette raison que mes yeux ont viré du bleu au gris. Je ne suis plus tout à fait la même…

Kendhal hocha la tête avec une gravité nouvelle.

— Je comprends. Après ce que j'ai vécu sur le champ de bataille, je me sens moi-même très différent. Jamais je ne pourrai oublier mes hommes tombés au combat, sous mes yeux. Jamais je ne pourrai oublier non plus la dette que j'ai envers Elbion. Il m'a sauvé la vie.

Luna lui caressa la joue d'un geste plein de douceur.

— Je crois que tous les elfes doivent se sentir différents, maintenant. Nous avons laissé derrière nous notre forêt, notre ville, nos souvenirs. Nous allons devoir tout recommencer, tout reprendre à zéro.

— Tu crois que nous pourrons rester ici, à Naak'Mur?

— Je l'ignore, fit Luna en haussant les épaules. Mais une chose est sûre, nous ne nous séparerons plus jamais, cornedrouille! Une nouvelle page de notre destin commence et c'est ensemble que nous l'écrirons.

Pour toute réponse, Kendhal l'attira doucement à lui et leurs lèvres s'unirent tendrement.

ÉPILOGUE

Dans sa luxueuse tente plantée quelques jours plus tôt sur la rive est du lac de Laltharils, matrone Sylnor, pleine de rage, bouillonnait intérieurement. Malgré l'heure tardive, elle ne parvenait pas à trouver le sommeil. Cela faisait plusieurs jours qu'elle retournait le problème dans tous les sens sans arriver à comprendre quelle avait été la faille de son plan pourtant si bien huilé.

Tout s'était déroulé à merveille jusqu'à ce que les différents quartiers de la cité elfique s'embrasent tout à coup. Personne n'aurait pu prévoir que les elfes saborderaient eux-mêmes leur ville. Aujourd'hui, des bâtiments, des maisons et des palais, il ne restait que des ruines fumantes. Quant à la disparition des populations, c'était le grand mystère. Où avaient bien pu passer les milliers d'elfes qui vivaient là ?

Matrone Sylnor savait de source sûre qu'ils avaient prévu de se réfugier dans la forteresse creusée dans une falaise de la rive est, que ses guerrières zélées avaient fini par découvrir. Il avait fallu le talent de plusieurs mages noirs pour déjouer les protections magiques qui verrouillaient les imposantes portes argentées, mais les battants scellés avaient fini par céder. Des hordes de guerrières s'étaient engouffrées dans la citadelle en brandissant leur sabre et en poussant des cris de victoire. Toutes s'attendaient à pourfendre les hommes, à décapiter les femmes et à éventrer leurs enfants. Leur déception n'avait eu d'égale que leur incompréhension. Elles avaient eu beau fouiller le moindre recoin, visiter la moindre cave à la recherche d'un tunnel caché ou d'une porte oubliée, la forteresse était vide, complètement vide.

Lorsqu'elles étaient ressorties bredouilles, la matriarche était entrée dans une colère folle que même sa fidèle Ylaïs n'avait pu apaiser. Malgré les protestations véhémentes de sa première prêtresse, matrone Sylnor s'était précipitée à son tour dans le donjon souterrain pour s'assurer qu'il ne s'y cachait aucun elfe. Elle n'avait pu que constater la vacuité de l'endroit.

Depuis, une question la tourmentait sans répit : où étaient donc passés ses ennemis ? Et si c'était l'esprit d'Hérildur qui avait tué Askorias pour protéger les elfes en les aidant à s'enfuir ? En avait-il seulement le pouvoir ?

Dans l'hypothèse où ces impies auraient fui la ville, elle avait envoyé ses troupes parcourir la forêt alentour, mais pour le moment ils n'avaient encore détecté aucun signe de vie.

« Qu'importe ! enragea matrone Sylnor en abattant son poing sur la table. J'ai tout mon temps et je n'abandonnerai jamais. Mes guerrières passeront leur vie à fouiller cette maudite forêt, s'il le faut ! »

Son regard tomba soudain sur le mystérieux tube translucide qu'elle avait arraché à son nécromancien. Le fameux citrex reposait dans un petit coffret en bois rare comme une inestimable relique.

« Et si cela ne suffit pas, maugréa-t-elle entre ses dents, je demanderai l'aide de Lloth. Grâce à sa puissance, elle saura sûrement comment forcer l'esprit de Ravenstein à se ranger à nos côtés ! »

Épuisée moralement, la matriarche s'allongea sur sa couche, consciente qu'il lui fallait dormir quelques heures, mais son esprit tourmenté ne parvenait pas à s'apaiser. Une idée insidieuse et perverse s'immisça soudain dans son esprit.

Et si elle s'était trompée, depuis le début ? Si les elfes ne s'étaient jamais réfugiés dans cette citadelle ? Si tout cela n'était qu'un leurre, une fausse piste pour les égarer et leur faire perdre un temps précieux ? Car, hormis les tonneaux de vivres amoncelés dans les caves, rien d'autre n'indiquait que les elfes comptaient se cacher là.

Mais où étaient-ils allés, dans ce cas? Vers la côte pour tenter de s'échapper par la mer? Non, les drows postés près du littoral leur auraient barré le passage et, de toute façon, les ports humains ayant été détruits par Zélathory, il ne restait plus un seul bateau susceptible de les emmener loin des terres du Nord. Vers le sud? Probablement pas, le plateau de Nal'Rog s'élevait telle une muraille infranchissable. Vers les montagnes Rousses, alors? Pourtant, ses troupes de trolls et de monstres surveillaient cette zone. Mais pourquoi pas vers l'est, vers les steppes de Naugolie?

Mais oui! C'était sûrement là que cette garce d'Ambrethil avait mené les siens. Elle était bien trop lâche pour se battre et affronter sa fille cadette qu'elle avait préféré abandonner pour mieux s'occuper de sa petite préférée.

Un éclair de haine fusa dans tout le corps de Sylnor. Sa décision était prise. Elle allait envoyer des éclaireuses vers les grandes steppes orientales. La jeune fille se leva d'un bond. Elle repoussa violemment les pans de velours qui faisaient office de porte. Elle se précipitait d'un pas décidé vers la tente de ses généraux quand une sentinelle la héla.

— Hé, matrone Sylnor! Nous avons découvert quelque chose!

Stupéfaite devant le manque de respect dont
faisait preuve cette jeune recrue, la matriarche
se raidit. Mais son cerveau digéra l'information
et elle tendit l'oreille. La soldate, incons-
ciente du fait que sa familiarité aurait pu lui
coûter la vie, poursuivit, tout excitée par sa
découverte:

— Les mages qui accompagnent notre
troupe ont mis à profit leurs talents d'extra-
vision pour sonder le terrain à quelques
kilomètres au sud de la ville et ils ont détecté
une immense galerie souterraine.

Fébrile, Matrone Sylnor lui agrippa le bras.

— Mène-moi auprès d'eux! Immédiatement!

Après une trentaine de minutes, la
matriarche, guidée par la jeune guerrière,
déboucha dans une clairière éclairée par la
pâle lumière de la lune. Des tentes y avaient été
dressées, mais, ce qui attira immédiatement
l'œil de matrone Sylnor, ce fut la vaste fosse qui
avait été creusée en son centre. Elle s'approcha
du bord et distingua le trou béant de trois ou
quatre mètres de profondeur qui semblait se
prolonger d'un côté comme de l'autre par

d'étroits tunnels. Elle ne vit pas le mage noir se glisser dans son dos, aussi silencieux qu'une ombre.

— Bonsoir, Votre Seigneurie, susurra-t-il à son oreille. Votre présence ici est un honneur pour nous. Je ne m'attendais pas à ce que vous vous déplaciez en personne pour…

— Suffit! le coupa-t-elle, glaciale. Qu'as-tu découvert?

Décontenancé par tant de froideur, le jeune homme hésita une seconde avant de se lancer.

— Il semblerait que nous ayons mis au jour un tunnel d'évacuation. Creusé selon un axe nord-sud, on dirait qu'il relie la forteresse de la rive est à l'extrémité sud de la forêt.

— Comment ça, on dirait? s'énerva l'adolescente. Ne peux-tu être plus précis?

— Eh bien, les guerrières qui ont exploré la galerie nord sont vite revenues. Le tunnel était complètement bouché par d'énormes blocs de pierre. Mais il n'est pas improbable que les elfes aient fui par là et rebouché l'accès après leur passage afin de dissimuler leur fuite.

— Hum, il se peut aussi que ce soit une vieille galerie inutilisée depuis des siècles. Cette éventualité ne t'a même pas effleuré l'esprit, je parie!

Le mage rougit sous l'affront, mais ne se démonta pas.

— Bien sûr, que j'y ai pensé, mais des restes de nourriture fraîche trouvés sur le sol et des outres vides nous poussent à croire que des elfes sont effectivement passés par ici il y a peu de temps.

Matrone Sylnor sentit son cœur s'accélérer. Pourtant, elle refusa de céder à l'exaltation.

— Tu les imagines, déplaçant d'énormes blocs de pierre, pour reprendre tes propres termes, alors qu'ils essaient de s'échapper? Quelle perte de temps!

— Pas s'ils veulent brouiller les pistes. Nous n'avons peut-être trouvé aucun tunnel partant de la forteresse parce qu'il était trop bien dissimulé. C'est une ruse de base, je vous le concède, mais il se pourrait bien qu'elle ait fonctionné.

— Et qu'elle nous ait fait perdre un temps précieux! marmonna la matriarche en serrant les poings. Jusqu'où se prolonge ce tunnel?

— La galerie court sous le sol en ligne droite, sur plusieurs dizaines de kilomètres. Au-dessus, aucune trace d'activité ou de construction, mise à part une pauvre cabane abandonnée à environ une heure et demie d'ici.

— Et pourquoi voudrais-tu qu'il y ait quoi que ce soit au-dessus? fit la matriarche en haussant les épaules.

— Je pensais que le tunnel pourrait rejoindre un ancien temple ou une forteresse oubliée où se seraient cachés nos ennemis, expliqua le sorcier sans sourciller. Mais, apparemment, il n'y a rien de tout cela. Je me demande ce que nous allons trouver au bout de ce tunnel. J'attends avec impatience le retour des dernières exploratrices !

— Quand sont-elles parties ?

— Hier matin, répondit machinalement le jeune homme avant de se rendre compte de son erreur.

— Et c'est seulement maintenant que vous me prévenez ! s'emporta la matriarche, furieuse.

— Mais… Votre Grâce, nous… nous voulions être certains qu'il s'agissait d'une piste intéressante ! se justifia le drow. Nous ne voulions pas vous procurer de fausse joie ni vous faire déplacer pour rien.

— Comment t'appelles-tu ? demanda matrone Sylnor en plissant ses yeux azur.

— Ethel !

— Hum, eh bien, mon cher Ethel, tu as intérêt à ce que nous trouvions ces maudits elfes rapidement, sinon ton erreur te coûtera très cher !

Le mage blêmit, mais matrone Sylnor se détourna de lui pour observer la bouche sombre du tunnel en contrebas. Elle se serait bien lancée dans son exploration, mais, ne possédant pas le don de vélocité, elle mettrait certainement plusieurs jours à parvenir jusqu'à son extrémité. Et Lloth savait quels dangers l'attendraient là-bas ! Peut-être un labyrinthe de galeries dans lequel les elfes, acculés et embusqués, massacreraient toute guerrière drow. Il fallait s'attendre à tout, avec ces couards !

L'adolescente s'apprêtait à faire demi-tour afin de réquisitionner l'une des tentes pour passer la nuit sur place quand une voix monta du fond de la fosse :

— On est de retour ! Hé, oh ! y'a quelqu'un ?

Lorsque les quatre guerrières aperçurent le visage de la matriarche penché au-dessus d'elles, elles se recroquevillèrent, mortifiées.

— Eh bien ! vous en faites, de ces têtes ! se moqua matrone Sylnor. Dépêchez-vous de remonter, je veux tout savoir dans les moindres détails !

Les soldates s'exécutèrent. Mais les nouvelles n'étaient pas celles escomptées. En effet, à part quelques restes de nourriture, trognons de pomme et bouts de pain dur, elles n'avaient rien trouvé de particulièrement intéressant. La galerie s'arrêtait brusquement au pied du plateau de Nal'Rog. Et, là, pas de blocs pour boucher le tunnel ni de gravats déposés à la va-vite. Un simple cul-de-sac.

— C'est incompréhensible! marmonna l'adolescente. Êtes-vous certaines de ne pas être passées à côté d'une sortie ou d'un autre tunnel?

— Sûres, Votre Seigneurie, affirma la plus âgée des quatre. La galerie s'arrête net et nous n'avons découvert nulle autre sortie possible. De toute façon, une sortie pour aller où? Quel est l'intérêt de se retrouver au pied d'une falaise haute de plusieurs centaines de mètres? Impossible de fuir par là!

Matrone Sylnor plissa les yeux en se caressant le menton, pensive.

— Qu'y a-t-il derrière le plateau de Nal'Rog? s'enquit-elle soudain.

Les quatre drows se dévisagèrent, dubitatives, mais le mage noir qui n'avait rien perdu de leur conversation s'avança vers la matriarche.

— Si vous me permettez, Votre Grâce, je crois savoir ce qui se cache derrière cette muraille naturelle.

— Je t'écoute, Ethel!

— Lorsque j'étais enfant, je me rappelle avoir entendu mon grand-père raconter une histoire à propos d'une mystérieuse forteresse drow construite de l'autre côté du plateau de Nal'Rog.

— Une forteresse drow! s'exclama la jeune matriarche, les yeux écarquillés.

— Oui! Construite il y a des milliers d'années par les adeptes du dieu scorpion, Naak'Mur servait de poste d'observation. Elle fut définitivement abandonnée lors des premières guerres elfiques.

Matrone Sylnor n'en revenait pas. Ainsi, il existait une citadelle de l'autre côté du plateau de Nal'Rog! Et si les elfes en avaient eux aussi entendu parler… Quelle cachette idéale pour fuir l'invasion drow! Et quelle ironie de se voir héberger dans d'anciens bâtiments édifiés en l'honneur de Naak, l'ennemi juré de Lloth!

L'adolescente s'autorisa un sourire. Le premier depuis plusieurs jours de contrariétés accumulées. Un pressentiment lui disait que c'était bien là-bas que se terraient ses ennemis jurés, et son instinct de prédatrice la trompait rarement. D'une façon ou d'une autre, en passant sous terre, par mer ou par les airs, elle se rendrait à Naak'Mur et terminerait ce qu'elle avait si bien commencé.

— On lève le camp! hurla-t-elle soudain. Faites passer le mot d'ordre à toutes les troupes! Je veux que toute mon armée soit sur le pied de guerre d'ici demain soir!

— Nous vous suivrons jusqu'au bout du monde, Votre Magnificence, acquiesça Ethel dans un sourire mielleux.

— Cap au sud ! s'écria matrone Sylnor, rayonnante d'une joie sans bornes.

LISTE DES PERSONNAGES

Abzagal : Divinité majeure des avariels ; dieu dragon.

Amaélys : Elfe de lune ; mère de Darkhan, sœur d'Ambrethil et fille aînée d'Hérildur.

Ambrethil : Elfe de lune ; mère de Luna et de Sylnor, et reine des elfes de lune.

Askorias And'Thriel : Drow ; père d'Elkantar And'Thriel, grand-père de Sylnor et de Luna.

Assyléa : Drow ; meilleure amie de Luna, épouse de Darkhan et mère de Khan.

Bouff'mort : Nom que les résidants du palais des Brumes donnent au brouillard environnant, lequel s'anime occasionnellement et constitue une véritable menace.

Bromyr : Elfe de soleil ; général de l'armée des elfes dorés.

Cyrielle Ab'Nahoui : Avarielle ; cousine de Thyl et d'Haydel, fiancée de Platzeck.

Darkhan : Mi-elfe de lune, mi-drow ; fils de Sarkor, cousin de Luna, époux d'Assyléa et père de Khan.

Edryss: Drow; chef des bons drows réfugiés à Laltharils et prêtresse d'Eilistraée.

Eilistraée: Divinité du panthéon drow; fille de Lloth. Solitaire et bienveillante, elle est la déesse de la beauté, de la musique et du chant. Associée à la Lune, elle symbolise l'harmonie entre les races.

Elbion: Loup; frère de lait de Luna, compagnon de Scylla et père de Jek, de Kally et de Naya.

Elkantar And'Thriel: Drow; noble sorcier, amant d'Ambrethil et père de Luna et de Sylnor.

Ethel: Drow; mage noir au service de matrone Sylnor.

Garuck-Nor-Hoï: Orque; chef de guerre.

Guizmo: Gobelin; seigneur de Castel Guizmo, anciennement appelé Dernière Chance, anéanti par les dragons sur l'ordre de matrone Zélathory

Halfar: Mi-elfe de lune, mi-drow; fils de Sarkor et petit-fils d'Hérildur, cousin de Luna.

Haydel Ab'nahoui: Avarielle; sœur cadette de l'empereur Thyl.

Hérildur: Elfe de lune; ancien roi de Laltharils, père d'Ambrethil et d'Amaélys, et grand-père de Luna et de Sylnor.

Jek : Loup ; fils d'Elbion et de Scylla.

Kally : Louve ; fille d'Elbion et de Scylla.
Kendhal : Elfe de soleil ; fils d'Hysparion et roi des elfes de soleil.
Khan : Mi-elfe de lune, mi-drow ; fils de Darkhan et d'Assyléa, petit-cousin de Luna.

Lloth : Divinité majeure des drows ; déesse araignée.
Lucanor (**Sire**) : Lycaride ; maître-loup et ami du Marécageux.
Luna (**Sylnodel**) : Mi-elfe de lune, mi-drow ; fille d'Ambrethil et d'Elkantar And'Thriel, sœur de matrone Sylnor.
Lya : Fée ; esprit bienveillant vivant dans la tour des Sages du palais des Brumes.

Marécageux (**Le**) : Elfe sylvestre ; ancien mentor de Luna.

Naak : Divinité du panthéon drow ; ancien dieu scorpion de la guerre.
Naya : Louve ; fille d'Elbion et de Scylla.
Nélyss : Avarielle ; ancienne vestale d'Abzagal, qui a trahi les siens en pactisant avec la dernière dragonne et avec Zéhoul.

Oloraé : Drow ; sœur aînée d'Assyléa.

Ourok-Ar-Haï : Orque ; armurier responsable de la réalisation des boucliers de l'armée drow.

Platzeck : Drow ; bras droit d'Edryss, dont il est le fils, et fiancé de Cyrielle.

Ravenstein : Esprit sylvestre ; protecteur de la forêt qui porte son nom, il vit dans la tour des Sages du palais des Brumes.

Sarkor : Drow ; père de Darkhan et d'Halfar, frère de matrone Zélathory.
Scylla : Louve ; compagne d'Elbion et mère de Jek, de Kally et de Naya.
Shara : Louve ; mère adoptive de Luna et mère d'Elbion.
Styrm : Drow ; nécromancien ayant renoncé à la magie noire et qui fait partie de la communauté d'elfes de Laltharils.
Sylas : Humain ; ancien criminel vivant dans la tour des Monstres du palais des Brumes.
Sylnodel : Signifie Luna, « Perle de Lune » en elfique. Voir Luna.
Sylnor (**matrone Sylnor**) : Mi-elfe de lune, mi-drow ; fille cadette d'Ambrethil et d'Elkantar And'Thriel, sœur de Luna.

Thémys : Drow ; intendante du monastère de Lloth.

Thyl Ab'Nahoui : Avariel ; empereur de la colonie d'avariels réfugiée à Laltharils.

Viurna : Elfe sylvestre ; sœur du Marécageux et nourrice d'Ambrethil.

Wiêryn : Esprit sylvestre ; protectrice de la forêt qui porte son nom, elle vit dans la tour des Sages du palais des Brumes.

Ycar (**Sire**) : Lycanthrope ; ancien prince de la vallée d'Ylhoë.

Ylaïs : Drow ; première prêtresse de Lloth.

Zcurtza : Femme-lézard ; esprit bienveillant vivant dans la tour des Sages du palais des Brumes.

Zéhoul : Mi-avarielle, mi-drow : ancienne gardienne et amie de la dernière dragonne.

Zek : Loup ; père adoptif de Luna et père d'Elbion.

Zélathory Vo'Arden : Drow ; ancienne grande prêtresse de Lloth.

Zesstra Vo'Arden : Drow ; ancienne grande prêtresse de Lloth.

GLOSSAIRE

Avariels: Voir elfes ailés.

Barbares: Ces humains à l'impressionnante musculature sont des guerriers impitoyables qui vivent en solitaires dans les contrées isolées des terres du Nord. Quelques-uns se sont installés à Rhasgarrok où ils officient comme gardes du corps ou videurs.

Citrex: Cet artefact aussi rare qu'ancien ressemble à un petit tube en verre fermé par un bouchon parfaitement hermétique. Il possède la particularité de pouvoir emprisonner des êtres éthérés tels que les esprits. Cet objet magique est très recherché par les nécromanciens désireux de maîtriser des démons, mais il n'en reste que très peu d'exemplaires intacts.

Dieux / déesses: Immortels, les dieux vivent dans des sphères, sortes de bulles flottant dans le firmament éternellement bleu de leur monde. D'apparence humanoïde ou animale, les dieux influencent le destin des mortels en leur dictant leur conduite, en les aidant ou, au contraire, en les punissant. Plus le nombre de ses fidèles est grand, plus une divinité acquiert d'importance et de pouvoir parmi les autres dieux. Ceux dont le culte s'amenuise sont relégués au rang de divinités inférieures et finissent par disparaître complètement si plus aucun adepte ne les vénère.

Dragons / dragonnes : Créatures reptiliennes possédant un corps massif recouvert d'écailles brillantes, capables de voler grâce à des ailes membraneuses. Vivant en troupeau, les dragons peuvent hiberner pendant plusieurs siècles. À leur réveil, leur appétit insatiable les pousse à attaquer tous les genres de proies. La dernière grande communauté de dragons des terres du Nord vit cachée au cœur de la cordillère de Glace.

Drows : Voir elfes noirs.

Elfes : Les elfes sont légèrement plus petits et minces que les humains. On les reconnaît facilement à leurs oreilles pointues et à leur remarquable beauté. Doués d'une grande intelligence, ils possèdent tous des aptitudes naturelles pour la magie, ce qui ne les empêche pas de manier l'arc et l'épée avec une grande dextérité. Comme tous les êtres nyctalopes, ils sont également capables de voir dans le noir. Leur endurance et leurs capacités physiques sont indéniablement supérieures à celles des autres races. À cause des sanglantes guerres fratricides qui les opposèrent autrefois, les elfes vivent désormais en communautés assez fermées. On distingue les elfes de la surface des elfes noirs, exilés dans leur cité souterraine.

Elfes ailés (ou avariels) : Ils possèdent de grandes ailes aux plumes très douces, qui leur permettent d'évoluer dans le ciel avec une grâce et une rapidité incomparables. Depuis la destruction de Nydessim par les dragons, la petite communauté des elfes ailés vit sur la rive sud du lac de Laltharils, au cœur de la forêt de Ravenstein.

Elfes de lune (ou elfes argentés) : Ils ont la peau très claire, presque bleutée ; leurs cheveux sont en général blanc argenté, blond très clair ou même bleus. Dans les terres du Nord, les elfes de lune vivent à Laltharils, magnifique cité bâtie au cœur de la forêt de Ravenstein.

Elfes de soleil (ou elfes dorés) : Ils ont une peau couleur bronze et des cheveux générale-ment blonds comme l'or ou plutôt cuivrés. On dit que ce sont les plus beaux et les plus fiers de tous les elfes. Après la destruction de leur forteresse d'Aman'Thyr par les guerrières drows de matrone Zélathory montées sur des dragons, les elfes de soleil se sont réfugiés à Laltharils, sur la rive ouest du lac.

Elfes noirs (ou drows) : Ils ont la peau noire comme de l'obsidienne et les cheveux blanc argenté ou noirs. Leurs yeux parfois rouges en font des êtres particulièrement inquiétants. Souvent malfaisants, cruels et sadiques, ils sont assoiffés de pouvoir et sont sans cesse occupés à se méfier de leurs semblables et à ourdir des complots. En fait, les elfes noirs se considèrent comme les héritiers légitimes des terres du Nord et ne supportent pas leur injuste exil dans les profondeurs de Rhasgarrok. Ils haïssent les autres races, et ceux qu'ils ne combattent pas ne sont tolérés que par nécessité, pour le commerce et la signature d'alliances militaires temporaires. Les drows vénèrent Lloth, la maléfique déesse araignée, et leur grande prêtresse dirige d'une main de fer cette société matriarcale.

Elfes sylvestres : Avec leur peau cuivrée et leurs yeux verts, ils sont les seuls elfes à vivre en totale harmonie avec la nature. Comme ils ont été les premières victimes des invasions drows, il n'en reste que très peu. La plupart vivent à Laltharils, mais certains ont préféré l'exil et vivent en ermites, comme le Marécageux.

Gobelins : Humanoïdes petits et chétifs, les gobelins ont des membres grêles, une poitrine large, un cou épais et des oreilles en pointe. Leurs relations sont basées sur la loi du plus fort. Depuis que l'unique communauté gobeline des terres du Nord a été détruite par les drows, on ne trouve plus de gobelins ailleurs que dans les bas-fonds de Rhasgarrok.

Humains : Suite à la destruction systématique des villages humains par l'armée de dragons de matrone Zélathory, il n'existe plus guère de représentants de cette espèce dans les terres du Nord, hormis dans certains quartiers de Rhasgarrok. Il s'agit cependant de la race la plus répandue dans le reste du monde.

Loups-garous (ou lycanthropes) : Les loups-garous sont des humains qui se transforment en loups contre leur volonté à des moments inattendus. Cette métamorphose est souvent la conséquence d'une malédiction, qui fait d'eux des bêtes sanguinaires d'une force colossale. Ne pouvant alors réprimer leur instinct de prédateurs ni la faim qui les taraude, les lycanthropes dévorent sans pitié toutes les créatures qui se trouvent sur leur chemin. Lorsqu'ils reprennent leur apparence humaine, ils ne peuvent que constater les crimes atroces dont ils sont responsables ; ils en éprouvent du remords. Tout comme les vampires, ils ne peuvent mourir que par décapitation.

Mages : Ce sont de très puissants magiciens. Les mages elfes de soleil et elfes de lune sont d'une grande sagesse et d'une érudition remarquable. Les mages noirs sont des drows, tout aussi sanguinaires que les autres représentants de leur communauté. En réunissant leurs forces magiques, les mages peuvent accomplir des exploits surprenants.

Maison : Nom donné aux grandes familles drows de Rhasgarrok. Comme il s'agit d'une société matriarcale, c'est toujours la femme la plus ancienne ou la plus puissante qui se trouve à la tête de cette maison.

Mithril : Minerai extrêmement rare. Réputé pour sa légèreté et son extrême résistance, il est utilisé pour la confection de cottes de mailles de très haute qualité.

Orques : Avec leur peau grisâtre, leur visage porcin et leurs canines proéminentes semblables à des défenses de sanglier, ils sont particulièrement repoussants. Brutaux, agressifs, ils vivent généralement de pillages et de maraudages. Leurs ennemis héréditaires sont les elfes, mais ils ne rechignent pas à négocier avec les drows.

Trolls: Les trolls sont des humanoïdes de grande taille, puissants, laids et particulièrement stupides. Ils vivent essentiellement dans des cavernes, où ils amassent des trésors, tuent pour le plaisir et chassent toutes les proies qui leur semblent comestibles. Certains se sont réfugiés dans les faubourgs de Rhasgarrok, où ils cohabitent plus ou moins bien avec les drows.

Urbams: Créatures monstrueuses, fruit d'expériences ratées de sorciers drows. Issus de croisements contre nature entre gobelins et elfes noirs, ces êtres difformes ont la peau noire recouverte de verrues et de pustules suintantes. Entièrement dévoués à leur maître ou maîtresse, ils servent en général d'esclaves ou de gladiateurs. Ils sont tous d'une sauvagerie sans pareille et on les dit volontiers cannibales.

Vampires: Les vampires sont des êtres qui se nourrissent du sang d'autres races ou de celui des animaux pour survivre. Ils vivent en clans nomades et se déplacent en fonction de leur gibier. Doués de facultés extraordinaires, tant physiques (rapidité, force, odorat surdéveloppé) que mentales (télépathie, pouvoir de séduction), les vampires sont des chasseurs redoutables qui laissent rarement des chances à leurs proies. Les vampires sont immortels. Seule la décapitation suivie du démembrement peut en venir à bout définitivement.

TABLE DES MATIÈRES

Luna